LES DRAMES DU NOUVEAU-MONDE

(DEUXIÈME SÉRIE)

———

LE MANGEUR DE POUDRE

DU MÊME AUTEUR

A LA MÊME LIBRAIRIE

CE QU'IL EN COÛTE POUR VIVRE
Un vol. 2 fr. 50 c.

PREMIÈRE SÉRIE

DES

DRAMES DU NOUVEAU-MONDE

PAR BÉNÉDICT-HENRY RÉVOIL

La Sirène de l'Enfer . . . . 1 vol.
L'Ange des Prairies. . . . . 1 vol.
Les Parias du Mexique . . . . . . 1 vol.
La Tribu du Faucon-Noir . . . . . 1 vol.
Les Écumeurs de mer. . . . . . . 1 vol.
Les Fils de l'Oncle Tom . . . . . . 1 vol.

DEUXIÈME SÉRIE

PAR JULES B. D'AURIAC

L'Esprit blanc. . . . . 1 vol.
L'Aigle-Noir des Dacotahs . . . . 1 vol.
Les Pieds fourchus . . . . 1 vol.

ABBEVILLE. IMP .P. BRIEZ

LES DRAMES DU NOUVEAU-MONDE

—

DEUXIEME SÉRIE

PAR

JULES B. D'AURIAC

———

LE

MANGEUR

DE POUDRE

———

PARIS

P. BRUNET, LIBRAIRE-ÉDITEUR

RUE BONAPARTE, 31

—

1866

LE
MANGEUR DE POUDRE

CHAPITRE PREMIER

LE COLPORTEUR ET LE CHASSEUR

Les événements dont le récit va suivre se sont
passés à l'époque où eut lieu la première grande
émigration pour l'Ouest : d'innombrables aven-
turiers sillonnaient alors les fleuves, les forêts et
les vallées de l'Ohio ; mais quelque nombreuse
que fût cette fourmilière humaine, elle n'avait
encore rien changé à l'aspect du désert dans lequel

1

elle se trouvait perdue et imperceptible comme des grains de sable.

Çà et là, sur quelque rivage solitaire apparaissait un embryon de ville : ici une clairière, là une route, plus loin une cabane en troncs d'arbres annonçaient la présence des hardis pionniers qui s'aventuraient en éclaireurs sur les frontières du *lointain-Ouest*.

La cognée du bûcheron Européen répondait, dans le vide de la solitude, au frémissement furtif du canot indien glissant sur l'Ohio. Mais ces bruits humains étaient rares et épars ; la profondeur des forêts vierges dormait encore du premier sommeil depuis la naissance des mondes.

Un petit village placé sur le bord de l'Ohio, comme une sentinelle avancée, fut le théâtre du début de cette histoire.

L'emplacement était admirablement choisi : militairement, il présentait une forteresse naturelle, établie sur un rocher à pic, debout sur le fleuve, en forme de promontoire, et commandant toute la région environnante; un énorme Block-House (fort en troncs d'arbres grossièrement équarris) bâtie dans des proportions colossales sur le point culminant, était la citadelle la plus inexpugnable qu'eût pu rêver un ingénieur.

Au point de vue du poëte, du paysagiste, c'était un asile enchanteur, plein de toutes les séductions d'une riche nature.

Des multitudes d'arbres dix fois centenaires, entrelaçant leurs longues branches échevelées formaient à perte de vue de longues allées, de profondes voûtes, où s'éteignaient graduellement les lueurs du jour et les murmures de l'air. Du pied de grands sycomores aux feuilles empourprées s'élançaient, comme des tourbillons de rameaux ou de fleurs, les guirlandes de vignes, de lierres, de guis, dont les festons interminables se balançaient avec grâce.

Sur le sol tout tapissé de mousse, couraient de

petits sentiers entrecoupés de pervenches, de fougères, de fraisiers ; le fleuve promenait en silence ses lames argentées sous les ronces, les chèvre-feuilles, les framboisiers, les técomas, les troènes, touffus, enchevêtrés, serpentants, hérissés de fleurs et de fruits.

De l'autre côté du fleuve ondulait une longue rangée de collines qui s'élevaient graduellement jusqu'à la hauteur des montagnes formant le fond de l'horizon.

Et au-dessus de cette luxuriante nature un ciel serein, bleu tendre, d'une transparence et d'une profondeur toutes particulières aux régions Américaines qui bordent le Mississipi ; une atmosphère embaumée par des milliers de senteurs sauvages ; un soleil levant dont les rayons allongés plongeaient mystérieusement dans les replis des feuillages, dorant, empourprant, éclairant tout sur leur route joyeuse ; un silence solennel, troublé par quelques furtifs chuchottements des bois.

La tranquillité de cette solitude fut troublée brusquement par la détonation d'une carabine. Les échos la répétaient encore lorsqu'un daim, hors d'haleine, les yeux effarés, apparut à la lisière du bois et s'élança dans la rivière. Il nagea d'abord mollement, indécis sur la direction qu'il prendrait ; mais bientôt ses oreilles inquiètes saisirent le bruit fugitif des branches froissées dans la forêt ; à cet indice qui lui annonçait l'approche de l'ennemi, il se dirigea par bonds désespérés vers la rive opposée.

En effet, un chasseur arriva au bout de quelques secondes, sautant d'arbre en arbre avec précipitation ; un dernier bond allait le porter hors du fourré, lorsqu'une branche à laquelle il s'était suspendu se rompit sous son poids, et il tomba lourdement sur la pente rocailleuse.

Chose rare dans ces lieux, l'accident avait eu un témoin. Lorsque le chasseur, irrité de sa chute, se releva, il fut salué par un éclat de rire dont le timbre retentissant aurait distancé Stentor lui-même, — de bruyante mémoire ; — tournant la tête dans la direction de la voix, il put apercevoir celui dont la présence inopportune se trahissait si irrévérencieusement.

Le premier mouvement du chasseur fut de rentrer dans le bois pour n'être pas vu: mais au second coup d'œil il reconnut qu'il était trop tard ; alors, changeant de direction et tournant le dos à l'indiscret, il se mit à recharger sa carabine, en mâchonnant quelques mots où ceux-ci: «... animal d'Yankee... » étaient seuls intelligibles.

Ainsi posée, sa grande taille se détachait en vigueur sur les tons obscurs de la forêt. C'était bien le chasseur bronzé de l'Ouest, ce type aujourd'hui absorbé par la civilisation envahissante; six pieds de haut; buste herculéen; visage d'oiseau de proie, illuminé par des yeux noirs toujours en mouvement ; bouche sévère ; lèvres pincées et recourbées en arc ; tournure générale disgracieuse ; tel était l'exact signalement de ce rôdeur de bois.

Une carnassière en peau de loup, ornée de festons en drap jaune ; une ceinture supportant, d'un côté la poudrière, de l'autre le sac à balles ; un couteau long de deux pieds à poignée en corne de cerf curieusement sculptée, une longue carabine de gros calibre à canon bleu formaient l'ensemble de son équipement.

Il était chaussé de mocassins en peau de daim ; des guêtres semblables, lacées autour de ses longues jambes, montaient en forme de culotte bizarre jusqu'à sa ceinture ; sa veste, en velours grossier, était déboutonnée sur la poitrine, mettant à découvert un cou bruni par le soleil ; les manches de ce vêtement, retroussées presque jusqu'au coude, laissaient voir des bras musculeux, sillonnés de nerfs, et avec lesquels il n'aurait pas fait bon de plaisanter.

Quand il eut fini de charger son arme, il

se retourna du côté par où arrivait le rieur.

— Eh! l'ami Yankee, que cherchez-vous par ici? lui demanda-t-il d'une voix peu aimable.

— Ce que je cherche, hein? répliqua le nouveau venu ; en vérité, monsieur *Tire-droit*, cette question fait partie d'une autre question que j'allais vous poser... Entendîtes-vous quelquefois parler de l'ATTRACTION DE L'ADMIRATION...?

— Non! grommela sèchement le chasseur qui ne comprenait guère où le Yankee voulait en venir.

— Très-bien! très-bien ! Alors je dis que c'est précisément l'ATTRACTION DE L'ADMIRATION qui m'a amené dans ces parages ; j'ai entendu la détonation de votre fusil, j'ai couru pour en apercevoir l'effet, et *j'ai aperçu...*

Tout cela était dit avec un accent provincial qui justifiait parfaitement l'épithète d'*Yankee* dont s'était servi le chasseur.

Le noûveau venu était un petit jeune homme

trappu, au visage épanoui, au sourire malicieux, au regard narquois. Ses joues florissantes attestaient qu'il ne faisait pas de longs séjours dans l'Ouest ; il différait en cela des *Frontiers-men* dont le visage était plus pâle et l'embonpoint moins rebondi.

Il tenait à la main une branche de saule fraîchement arrachée de l'arbre, et, tout en marchant avec nonchalance, paraissait s'appliquer fort sérieusement à en découper l'écorce en spirale. Sa physionomie annonçait du reste une parfaite satisfaction de lui-même.

— Vous feriez mieux, monsieur *Baguenaudin,* répondit le chasseur avec un dédain profond, de vous consacrer à votre carriole et à vos casseroles que de venir rôder autour de moi : vous, me trouverez trop bon tireur pour vous.

— Tout beau ! sir *Porte-Carabine,* repartit le Yankee poursuivant avec béatitude ses sculptures fantaisistes ; peut être n'avez-vous jamais

1.

entendu parler de la manière dont nous autres, Yankees du Connecticut, tirons un coup de fusil... En entendites-vous parler ?

— Non ! et je jurerais que ce sont de piètres tireurs.

— Ah ! vous jureriez un mensonge, voilà tout ! répliqua le colporteur d'un air de supériorité ; comment ! vous ignorez que mon papa fut le plus célèbre tireur qu'on ait vu dans le monde ? Il est mort à quatre-vingt-dix-sept ans, et je me rappelle que la veille de sa mort il passa la journée à la chasse.

— Tira-t-il sur quelque chose ?

— S'il tira sur quelque chose !! vous me croirez si vous voulez ; mais il fallut une semaine à nos deux paires de bœufs pour charrier à la maison tout le gibier qu'il avait abattu ce jour-là. Mon oncle essaya de dénombrer les ours, les daims, les coqs sauvages que nous eûmes à ramasser ; mais, n'ayant jamais appris à compter au-delà de cent, il fut obligé de s'arrêter avant d'avoir fait la moitié de sa besogne.

— Si votre papa était un tel homme, pourquoi n'a-t-il pas fait de son fils quelque chose de mieux qu'un colporteur ?

Le petit négociant, sans sourciller, continua son discours :

— Ah ! oui c'était un homme !! j'ai toujours été fier de lui. Il avait coutume de me mener à la chasse avec lui de temps en temps.

— Oh ! oh ! alors, vous avez dû être témoin de quelqu'un de ses grands coups de fusil !

— N'en doutez pas, M. *Tire-droit!*

— Racontez m'en donc un ou deux, M. *Baguenaudin.*

— La première fois qu'il me conduisit avec lui, j'avais six ans. J'étais petit pour mon âge, mignon, délicat comme à présent, et il craignait pour ma santé. Nous n'étions pas dehors depuis une couple d'heures, qu'il arriva... que supposez-vous qu'il arriva ?

— Que diable ! voulez-vous que je suppose?

— Très-bien, sir ; survint une tempête de neige et une tourmente importante, M. Tire-droit, — absolument importante ; — si bien que je me souviens d'avoir demandé à papa si çà ne faisait pas l'effet d'un lit de plumes où il ferait bon de se rouler. Que pensez-vous que papa me répondit ?

— Je n'ose rien penser, et ne saurais dire.

— Très-bien, sir ; il ne répondit rien, pas un mot ; mais il alla sous un pommier et se mit à rire de façon à faire tomber toutes les pommes.

— Holà ! M. Baguenaudin ; des pommes en temps de neige ?...

— Indubitablement ! çà se voit au Connecticut ; repartit le colporteur avec un sangfroid parfait : Il ne cessa de rire que lorsque nous eûmes de la neige jusqu'au cou, puis il me dit : « Bibi, je » pense qu'il serait temps de rentrer à la maison ;

» qu'en dis-tu ? » Monsieur Tire-droit, je vous donne à deviner la réponse que je fis.

— Cela m'est impossible, assurément.

— Je ne fis d'autre réponse que ceci, — pas un mot de plus : — « Voilà un joli petit temps pour retourner à la maison... » Et nous nous mîmes en route à travers la neige qui nous fouettait le visage.

— Je ne vois pas apparaître dans tout ceci les grands coups de fusil... de votre papa.

— Attendez donc ! attendez ! j'y arrive justement. C'est une mauvaise habitude d'interrompre quelqu'un qui raconte une histoire. Mon professeur me le défendait toujours quand j'étais à l'école ; et mon papa aussi, quand il narrait en filant sa quenouille.

— Allez donc ! allez ! pour l'amour de Dieu ! s'écria le chasseur perdant patience ; mon daim a disparu pendant que je vous écoute comme si vous parliez raison.

— Comme je vous le disais, M. Tire-droit, lorsque vous m'avez interrompu, nous partîmes pour la maison à travers la bourrasque ; papa passait devant moi pour faire la trace dans la neige ; il aurait bien pu s'en dispenser, car j'étais fort capable de faire cela moi-même.

— Voilà qui est fort ! et comment ?

— Voyez-vous, les flocons de neige étaient larges comme votre chapeau... Eh! bien ! tout petit que j'étais, je les esquivais comme j'esquiverais une de vos balles si vous m'en lanciez une.

— Quel terrible enfant vous étiez !... vous plairait-il de me dire un des fameux coups de fusil du vieux bonhomme ?

— Nous y arrivons ; patience ! Ce sera bien assez intéressant quand j'y serai : veuillez donc ne pas m'interrompre. Comme je vous le disais, nous partîmes pour la maison à travers la bourrasque de neige ; papa portant sa carabine sur l'épaule. Il n'avait encore rien tiré, mais il n'en

fût pas ainsi jusqu'au moment où nous ren-
trâmes. Je suppose que nous marchâmes une
demi-heure environ ; et alors où pensez-vous que
nous étions ?

— Eh ! à la maison, donc ! fit le chasseur ironi-
quement.

— Non, sir ; pas le moins du monde : nous
retournâmes en arrière, juste à l'endroit que nous
venions de quitter. Oui, sir, nous fîmes cela ! et
nous nous disposâmes à repartir malgré la neige
qui redoublait de furie. Alors commença un véri-
table ouragan : çà soufflait si fort que mon papa
se vit obligé de mettre quelques pierres dans ses
poches pour ne pas être emporté, et son vêtement fouettait l'air aussi bruyamment qu'une
voile tourmentée par un tourbillon. Je vous le
dis, M. Tire-droit, c'était une tempête régulière
— régulière, est le mot.

— Mais, vous ! comment ne fûtes-vous pas
enlevé ?

— J'étais si bien caché sous le manteau du vieux, que le vent ne put avoir prise sur moi ; autrement je suppose que j'aurais été charrié au-delà de la mer, et on n'aurait plus entendu parler de moi.

— Quel malheur que le vent n'ait pu vous dénicher ! Je connais quelque part un homme qui serait ravi que vous eussiez été emporté jusqu'au pôle nord.

— Un homme qui fait des coups de fusil aussi étonnants *que certains que j'ai vus*, répliqua le colporteur avec une intention ironique, ne doit pas désirer la société. Mais il ne s'agit pas de cela : nous allions arriver à un de ces beaux coups de feu que vous désiriez connaître... Comme je le disais, je marchais serré contre le vieux, son vêtement fouettait l'air comme une voile, lorsque... par Jérusalem !... que pensez-vous qu'il arriva ?... ajouta le narrateur revenant à sa formule favorite.

— Combien de temps encore allez-vous me faire cette question? demanda rudement le chasseur ; je ne sais rien de ce qui vous concerne, et n'en veux rien savoir.

— Très-bien, sir, très-bien ! voici ce qui arriva : Au moment où je sortais ma tête de dessous le manteau, je me sentis renverser par terre. Un bruit extraordinaire se fit entendre et deux secondes après, je m'envolais en l'air.

— Vous vous envoliez? répliqua le chasseur, piqué de curiosité ; que diable me dites-vous là?

— Certainement, sir, ce n'était rien moins qu'un aigle qui m'emportait dans les profondeurs de l'azur. Oui, sir, un aigle m'enlevait !

— Je suppose qu'il vous a laissé retomber, autrement vous ne seriez pas ici.

— Pas du tout ; comme il traversait un grand arbre, il se cogna contre une branche qui lui brisa la tête. Oui, sir !

— Alors, qu'arriva-t-il? Je suppose que vous tombâtes?

— Nullement; mes vêtements me retinrent accroché à une branche, et je criais comme un voleur après mon papa, pour qu'il vînt à mon secours. Enfin je l'entendis qui me parlait: « Bibi, te soutiens-tu bien? » — « Oui, répondis-je. » — Ne peux-tu te dégager et descendre? » Je fis tous mes efforts sans pouvoir me décrocher. Pendant tout ce temps il neigeait à ne pas voir le bout de son nez. « — Courage, Bibi! me cria papa; je vais « grimper à l'arbre et te délivrer. » Alors le voilà qui grimpe, qui grimpe!... Au bout d'une heure il n'avait pu monter que de trois pieds : tout-à-coup, ce que je lui avais dit précédemment au sujet de la neige lui revint en esprit, et il s'arrêta en riant de bon cœur. Alors il me recommanda de me tenir ferme, (sans m'avertir de ce qu'il méditait, car je n'y aurais pas consenti), et se prépara àme*fusiller* pour me faire tomber. Le diable était qu'il ne parvenait pas à me voir, et il était fort en peine pour viser ; cependant il prit son grand parti et fit feu : Que supposez-vous qu'il arriva.

— Je n'en sais rien. C'est malheureux qu'il ne vous ai pas atteint.

— Ah ! oui bien ! Il ne me toucha pas seulement ; la branche à laquelle j'étais accroché fût coupée en deux, et je tombai comme une plume dans les bras de papa. Voilà ce que j'appelle un beau coup de fusil ! un peu meilleur que celui dont j'ai été témoin aujourd'hui.

— Ç'a été un accident, mon ami Yankee ; il m'a fait perdre mon daim, répondit le chasseur avec colère.

— Un bon tireur ne manque jamais son coup et ne laisse jamais son gibier s'échapper. Je me souviens qu'une fois papa étant à la chasse, se rencontra avec un daim qui se mit à fuir autour d'un grand rocher tout rond. Papa se lança à sa poursuite, de toutes ses forces, mais tout ce qu'il pouvait faire c'était d'apercevoir de temps en temps un bout de queue ; le vieux, le malin animal, courait juste pour se tenir hors de portée.

— Eh ! le papa, que ne retournait-il en sens inverse !

— C'est bien ce qu'il fit. Il attendit que le daim eût pris l'avance et puis se mit à rebrousser chemin aussi vite qu'il pût ; mais que je sois pendu si l'audacieuse brute n'en fit pas autant ! Oui, sir !

En dépit de sa mauvaise humeur, le chasseur ne put s'empêcher de rire : mais il reprit de suite son sérieux.

— Oui, sir, le satané daim rebroussa chemin également, poursuivit le colporteur ; papa alors changea de direction, le daim fit comme lui, et jusqu'à la nuit noire ils se coururent après, autour du rocher, comme s'ils eussent dansé une contredanse : tantôt on aurait cru que papa chassait le daim, tantôt on aurait cru que le daim chassait papa.

— Je pense qu'il n'atteignit pas ce gibier-là ?

— Pardon, sir ; papa avait son plan, il l'exécuta. Quel plan supposez-vous qu'il imagina ?

— Eh ! je ne puis le dire.

— Un plan, M. Tire-droit, que je vous conseille d'exécuter lorsque vous en trouverez l'occasion. Papa se mit à viser *en rond* autour du rocher, et fit feu en direction circulaire. l'animal fut abattu, mais papa reconnut ensuite que ce procédé était dangereux, car la balle, après avoir traversé le daim, vint lui siffler devant la figure. Voilà comment il menait ses affaires à la chasse. Pensez-vous, mon joli « Mangeur de poudre » ajouta le colporteur d'un air important, pensez-vous que ce ne soit pas instructif pour vous ?

— Si vous voulez être à même d'apprécier mon habileté de tireur, M. Baguenaudin, placez-vous à cent pas ou à cent pieds d'ici et nous verrons quel est le meilleur tireur de nous deux.

Les continuelles agaceries du colporteur avaient irrité le chasseur ; tant qu'avait duré le récit des inimaginables histoires qu'il venait d'entendre, ce dernier avait été distrait par une sorte de curiosité naïve ; mais bientôt il s'aperçut avec colère que son interlocuteur se moquait de lui. Involontairement peut-être, le colporteur avait abordé le sujet le plus délicat et le plus offensant pour un homme qui mettait tout son orgueil dans le maniement du fusil.

— Promettre et tenir sont deux ; répliqua le colporteur en se remettant à ciseler sa baguette ; néanmoins je ne refuserais pas de faire une partie avec vous, si j'avais mon fusil en main.

— Allez le chercher, vous en avez le temps, s'écria le chasseur en s'animant ; je vous ferai voir, comme je vous disais tout à l'heure, que je suis trop bon tireur pour vous.

— A en juger par l'échantillon que j'ai vu tout-à-l'heure, je ne risquerais pas grand'chose à vous servir de cible à cent pas ; mais il faudrait intéresser la partie, alors ce serait pour moi une simple affaire :

— Un peu plus que cela ! répondit le chasseur d'un ton menaçant, vous vous repentirez d'avoir rencontré Ned Overton.

— Pshaw ! aujourd'hui ce n'est pas mon opinion, reprit le colporteur avec un sourire de mépris, en voyant le chasseur s'approcher de lui.

— Passe ton chemin ! Yankee ! je suis dangereux !

— Comme cet infortuné daim, qui court encore, peut en fournir la preuve.

Et le colporteur partit d'un grand éclat de rire.

— Regarde par ici, étranger, hurla le chasseur hors de lui, tu vas te frotter à une rude écorce.

Si c'est une bonne rossée qu'il te faut, je suis homme à couler à fond tout un radeau de ces Yankees du Lac Salé. Mais si tu veux conserver tes os dans ta peau, file ton nœud, laisse-moi tranquille. Il ne fait pas bon marcher sur les talons d'un forestier du Kentucky.

— Excusez ! Ned Overton ! répliqua le colporteur riant plus fort, vous parlez comme si vous aviez, ce matin, un estomac de force à manger un buffle à déjeuner, cornes et peau avec ! Mais les gros mots ne me touchent guère. Vous me faites l'effet d'oublier que, l'autre jour, le petit Dudley vous arrêta court, au beau milieu d'une certaine histoire sur la nièce du vieux Sedey, et vous renfonça les mensonges dans la gorge.

Cette allusion mordante exaspéra le chasseur ; une ombre passa sur son visage basané, un éclair jaillit de ses yeux. Ses doigts serrèrent involontairement le canon de son fusil, il regarda un instant le colporteur sans savoir comment lui répliquer : tout à coup, préférant les actions aux paroles, il jeta son fusil par terre, et saisit son interlocuteur à la gorge.

Mais l'attaque était prévue : le colporteur introduisit adroitement ses bras entre ceux de son adversaire, et, les séparant avec violence, se débarrassa de cette brusque étreinte.

Une lutte en règle s'engagea ; les deux athlètes étaient à peu près d'égale force. Si le chasseur présentait le type vigoureux des gens de la frontière, le colporteur réalisait la musculature épaisse et solide des paysans de la Nouvelle-Angleterre.

`Pendant quelques instants ils échangèrent des attaques et des ripostes vigoureuses, sans aucun résultat. Le chasseur pâlissant de colère à chaque nouvel assaut ; le colporteur conservant sur ses grosses joues le sourire provoquant qui avait précédé le combat.

2

La lutte durait depuis trois ou quatre minutes, et le sol tout trépigné autour d'eux témoignait de leur mutuelle ardeur, lorsque Overton, les yeux étincelants de rage, lâcha le cou de son antagoniste, l'enlaça dans ses longs bras, et le serra contre sa poitrine avec une force capable de l'étouffer; en même temps il se raidit en arrière, l'enleva de terre et fut sur le point de le renverser sur le sol.

A ce moment le Kentuckien semblait avoir l'avantage; mais, par un mouvement prompt comme la pensée, le colporteur qui ne perdit point son sang-froid, tourna la chance de son côté. Saisissant d'une main les cheveux noirs de son adversaire, de l'autre il lui étreignit la gorge; en même temps il lia ses jambes à celles de son ennemi, puis il lui tira la tête en arrière avec une force irrésistible pendant qu'il lui serrait les flancs avec ses genoux nerveux.

Le Kentuckien perdit l'équilibre, chancela, et

tous deux tombèrent lourdement, le colporteur restant dessus.

A peine eurent-ils touché terre, que ce dernier se releva lestement et poussa un grand éclat de rire.

Le chasseur redressa seulement la tête et jeta un sombre regard autour de lui pour chercher sa carabine. Tout-à-coup il bondit comme un tigre, tenant l'arme par le sanon, la crosse en l'air: mais à l'instant où il l'abattait sur la tête de l'Yankee, une main robuste retint l'arme suspendue en l'air, et l'empêcha ainsi de terminer d'un seul coup toutes les aventures du jeune audacieux.

CHAPITRE II

A TRAVERS LES BOIS

Le chasseur, furieux de cette diversion imprévue, se tourna violemment contre l'intervenant,
prêt à décharger sur lui sa colère. Mais à peine
l'eût-il aperçu qu'il baissa les mains et les yeux
avec confusion, et resta immobile sans dire un
seul mot.

— Oh ! c'est une honte ! s'écria le jeune homme
arrivé si fort à propos, une honte ! répéta-t-il en
se plaçant entre les combattants, de profaner une
matinée si belle par de semblables brutalités !
Je crains bien, Dodge, que cette querelle ne soit

2.

due à quelqu'une de vos sottes plaisanteries. Et vous, Overton, croyez-vous qu'il n'y aurait pas pour votre carabine d'autre emploi meilleur que d'en faire une massue.

— Rendez-moi justice, Squire Dudley, s'écria le bavard colporteur ; c'est lui qui a commencé, qui a pris son fusil pour m'assommer ; et pourquoi...? parce que je lui disais que le daim de tout à l'heure n'avait pas couru grand danger sous son coup de feu : alors il m'a proposé de lui servir de cible. Sans vous, il n'aurait probablement pas attendu mon consentement pour me fusiller.

— Je pense, Overton, dit le jeune *Squire Dudley*, que vous n'aurez pas assez de fiel dans l'âme pour conserver rancune à cet incorrigible moqueur de Nathan Dodge ; vous savez bien que cela rentre dans son métier, d'être facétieux ; c'est même sa principale industrie.

Le chasseur lança au colporteur un regard qui

n'était rien moins que pacifique, et lui tourna le dos.

— Qu'il aille rôder autour des femmes et leur vendre du sable bleu pour de l'indigo, de la ferblanterie pour de l'argent, grommela-t-il sournoisement ; mais s'il s'avise de m'échauffer les oreilles avec ses sottises...

— .. Crac! vous me briserez la tête d'un coup de fusil! interrompit aigrement le colporteur; vous voyez, Squire Dudley, ce qu'il rumine dans sa pensée. Ce sauvage là n'apprendra la civilité que lorsqu'un de ces *satanés Yankes* comme il dit, la lui aura fait entrer de force dans le corps.

— Vous êtes toujours trop prompt à parler, Dodge ; répliqua Dudley. Il pourrait bien se faire que le remède dont vous parlez devint nécessaire à votre égard.

— Vous dites....? ah ! ah ! ah ! je voudrais bien connaître le docteur qui serait capable de me l'administrer! répondit le colporteur en se redressant d'un air avantageux et fanfaron.

Dudley jugea à propos de détourner la conversation.

— Mais, Overton, dit-il, je suis surpris de vous voir ici ; je vous croyais sur le chemin du Canada depuis une grande journée. Il faut que quelque accident vous ait retenu malgré vous, je pense.

Ces derniers mots furent dits avec une affectation marquée.

— Ah! c'est vrai, s'écria le colporteur se jetant encore à la traverse, comment n'y avais-je pas pensé...? Vous me faites souvenir qu'avant-hier le départ « du Mangeur de poudre » était annoncé dans tout le village; et... voyons donc... qui... — Oui, c'est son frère Hugh Overton qui en parlait.

Le chasseur murmura en réponse quelques mots inintelligibles, au travers desquels on pouvait comprendre qu'à la vérité son intention avait été de se mettre en route la veille, qu'il était même parti, mais que le souvenir de certaines choses importantes l'avait retenu. Il finit par dire que, toutes ses affaires étant terminées, il allait exécuter son voyage.

— En vérité, ajouta-t-il en consultant le soleil je devrais être en chemin depuis une heure.

Sur ce propos, il fit un signe d'adieu à Dudley, rajusta ses vêtements dérangés dans la chaleur de la lutte, et se mit à gravir la colline.

— Il nous fait voir là une vraie fuite de chasseur déconfit, observa le colporteur lorsque l'autre eut disparu derrière les arbres : je n'ai jamais vu d'homme aussi orgueilleux de son fusil, et qui déteste autant les Yankees.

— Nous devons dissiper ses préjugés et le ramener par la douceur à de meilleures pensées Dodge, et non pas l'irriter par de futiles contrariétés.

— Voilà pour ses bonnes pensées ! répliqua le colporteur en faisant claquer ses doigts avec mé pris. Il fait tout ce qu'il peut pour ruiner mon commerce, il se mêle méchamment de mes affaires, m'appelle fripon et déprécie ma marchandise: j'aurai bien peu de chance si je ne lui lâche pas quelque bon quolibet lorsque je le rencontrerai. Quant à vous, Squire Dudley, votre bonté vous aveugle sur son compte; mais tenez-vous sur vos gardes. Il nourrit contre vous une haine invétérée; je l'ai entendu jurer qu'un jour où l'autre il se vengerait du mal qu'il prétend que vous lui avez fait.

— C'est vraiment un mauvais chien, Dodge ; cependant celui qui aboie ne mord pas. En tous cas, le voilà loin d'ici, probablement pour longtemps ; et, jusqu'à son retour nous n'avons rien à craindre.

Tout en parlant ainsi, le jeune homme se disposa à poursuivre son chemin ; le colporteur ouvrant son couteau, se remit à sculpter sa canne rustique, et tout en sifflant, se dirigea vers le village qu'on apercevait dans une direction opposée.

Le chasseur, pendant ce temps, avait atteint le sommet de la colline : bientôt, prenant un sentier détourné qui plongeait dans le bois, il descendit rapidement la pente opposée.

Des centaines d'oiseaux, au chant mélodieux, au plumage pourpre et azuré, se jouaient autour de lui dans l'épais feuillage ; les parfums pénétrants des fleurs innombrables embaumaient l'atmosphère tranquille de la forêt. Mais le chasseur ne prenait aucune part à cette fête naïve de la nature : tout en se maintenant à l'allure rapide, semblable au trot, qui caractérise la démarche de l'Indien ou celle du chasseur blanc demi-sauvage, le rancuneux Kentuckien ne cessait de grommeler avec irritation des phrases entrecoupées.

— Malédiction sur ce Yankee disait-il en serrant les dents et agitant ses poings ; ce n'est pas la première fois qu'il se met en travers de ma route, mais aujourd'hui ce sera la dernière.

Il fit vivement quelques pas en silence ; puis s'écria tout-à-coup :

— J'ai été d'une outrageuse bêtise en pliant bagage devant ce Dudley. Ça fera une vilaine affaire quand Hugh et moi nous serons en face d'eux... mais... que je réfléchisse donc un instant.

S'appuyant contre un arbre il y demeura quelque temps plongé dans une méditation profonde et inquiète. Après quoi il releva la tête avec une expression de jubilation triomphante : il avait trouvé un baume aux blessures de son amour-propre.

— Que ce colporteur aille au diable, pour le moment, reprit-il d'un ton froid, j'ai d'autres affaires plus importantes.... Mais que vois-je par là-bas ? ajouta-t-il en regardant à quelque distance, le cou allongé, les yeux fixés avec curiosité sur un objet étrange, à demi caché par les feuillages.

— Que je sois pendu comme un chétif Yankee, si j'ai jamais vu animal semblable.

Ce qu'il apercevait ressemblait assez à une paire de pieds humains, plantés en l'air dans un buisson ; en s'approchant, Overton reconnut que ces pieds étaient noirs, et nus !

— Puissances célestes ! quelle bête est-ce là ?... Si mes yeux ne sont pas fous, ils m'annoncent une paire de pieds de quelque nègre. Voyons donc !

Prenant une pierre, il la lança vigoureusement contre l'objet suspect. Les broussailles s'agitèrent vivement, les deux pieds disparurent comme par enchantement, et, à leur place, se montra la figure grimaçante, luisante et noirâtre du nègre Caton, appartenant à M. Sedley, personnage important de cette histoire.

— Yah ! yah ! yah ! bredouilla le moricaud avec un large rire qui découvrit un superbe râtelier de dents blanches ; yah ! yah ! yah ! c'est vous massa Overton ?

3

— As-tu découvert une nouvelle manière de marcher? chien noir...

— Yah! yah! yah! un petit somme, voilà ce que faisait l'enfant noir.

— As-tu entendu ce que je disais tout-à-l'heure.

— Non, rien! quelque chose m'a chatouillé le gros orteil, voilà tout. Yah! yah!

— Si tu as écouté un seul mot, pour l'aller bavarder ensuite, je te casserai tous les os de ta noire carcasse.

— Rien entendu! rien entendu! répéta le nègre en agitant ses jambes et les levant tour à tour avec une ardeur croissante.

— Ici, Caton! approchez! dit le chasseur en adoucissant sa voix.

— L'enfant noir ne se soucie pas de ce chemin; murmura le moricaud en s'éloignant avec inquiétude.

— Je ne veux pas te faire de mal. Approche donc, j'ai quelque chose à te dire.

— Parlez donc.

— Je ne veux pas être entendu: approche.

— Il n'y a que l'enfant noir par ici : personne n'écoutera.

— Que faisais-tu donc quand j'ai eu la chance de te rencontrer? demanda le chasseur avec des précautions oratoires indiquant son désir de s'insinuer dans les bonnes grâces du nègre.

En toute aute occasion il l'aurait foulé sous ses pieds ; mais pour le moment il préludait à l'exécution d'un plan prémédité.

— Oui, reprit-il ; que faisiez-vous, Caton, lorsque nous nous sommes abordés sur vos domaines.

— Caton vous donne l'ordre de vous en aller sous peine de subir la plus extrême rigueur des lois.

— Et, si nous refusons ?...

— Il se redresse avec la plus hautaine indignation, et vous adresse un *speech*.

— Toi ! faire un speech ? je voudrais entendre ça !

« — Il parle de la glorieuse contrée que de » pervers avilissent par leur honteuse attitude en » face de l'opposition : leurs errements aboutis- » sent à faire naître des antipathies, des haines, » des animadversions !!... » Yah ! yah ! que pensez-vous de ce speech ?

Quoique d'humeur fort peu plaisante, Overton crut devoir partir d'un grand éclat de rire, et se montrer prodigieusement satisfait.

— C'est riche ça ! Caton ; ce que j'appelle décidément riche ! je suppose qu'une pareille éloquence est de nature à convaincre.

— Peut-être pas entièrement. On ne fait pas toujours attention à l'éloquence de Caton.

— Dans ce cas là, que ferais-tu ?

— Je parlerais de la nécessité pénible où je serais d'infliger d'une façon sommaire un châtiment corporel.

— Et si on refusait encore ?...

— Je dirais que l'un de nous deux doit vider les lieux.

— Et si on restait, quand même ?...

— Je m'en irais au pas de course. Yah ! yah !

Overton se laissa tomber par terre, renversant la tête et se tenant les côtes à force de rire, comme si jamais il n'eût entendu pareille farce.

— Je vous trouve poliment rusé ce matin, maître Caton ; il faut que quelque chose d'extraordinaire vous ait métamorphosé.

— Caton a toujours bon caractère : mais c'est vous, Massa Overton, qui me paraissez de bonne humeur ; oui, c'est trop beau !

— Vraiment, c'est que tu m'amuses, butor ! murmura le chasseur qui s'en voulait de sa propre hilarité.

— On n'a jamais vu Caton autrement ; reprit le nègre, assez fin pour soupçonner que le chasseur n'agissait pas ainsi sans motif ; et, au contraire je n'avais jamais rencontré Massa Overton si bon enfant.

— Moi?.... c'est ma nature. Il y a longtemps que tu es sorti, Caton?

— Environ une heure; plus ou moins.

— Tout le monde va bien?

— Ils remuaient les jambes comme des écervelés, quand je les ai quittés, surtout Massa Sedley.

— Pourquoi, *surtout Massa Sedley?*

— Il adressait de bons coups de pieds à Caton pour prouver que ses forces ne l'avaient pas abandonné. Croiriez-vous ça! yah! yah!

— Bah! et qui le poussait à t'administrer?...

— Le besoin d'exercice, je pense.

— Ce ne peut être cela : Sedley est trop bon, je le connais. Il y a eu quelque autre chose. Voyons, parle à ton vieil ami.

— Vous! mon vieil ami? demanda le nègre en roulant ses gros yeux brillants avec une expression comique.

— Certainement ! je l'ai toujours été.

— Ah ! on ne me battra pas davantage pour cette fois. Je me suis amusé à tirer un petit coup de fusil sur le veau moucheté.

— Tu l'as manqué ?

— Non ! et c'est ce qui a fait le malheur. Je l'ai atteint à l'œil, ça l'a tué. Alors Massa m'a donné des coups de pied.

— Il y a de quoi en rougir ! comment va miss Lucy ?

— Très-bien, d'après les dernières nouvelles. Il paraît qu'il y aura par ici, à son sujet, une visite de M. Dudley.

Les yeux du chasseur brillèrent ; le nègre venait de toucher la corde sensible.

— Ah ! le squire Dudley se mettra en voyage par occasion ?

— Que voulez-vous dire, *par occasion* ?... demanda le nègre d'un air curieux.

— Eh ! bien... Que ce sera... un jour ou l'autre,

et pour un ou deux jours.

— M. Dudley n'a donc pas souvent de *ces occasions* ?

— Non.

— Dans ce cas, celle-ci comptera double. Yah ! yah !

— Et comment miss Lucy prend-elle cela ? demanda le chasseur avec un mauvais sourire.

— Oh ! seigneur ! qu'en sais-je. Elle l'aime à la mort ! elle rêve à lui toute la nuit, elle en parle tout le jour.

— Mais, ce doit être une grande affaire pour elle, cela ? Ils vont donc se marier ?

— Caton ne sait pas, répliqua le nègre d'un air discret ; miss Lucy ne le prend pas pour confident, et ne lui demande pas son avis.

— Enfin, qu'en penses-tu ? tu dois bien avoir ton idée.

— Moi, je pense qu'ils ne tarderont pas de se marier ; voici à quoi je le devine : miss Lucy se met toujours en blanc comme une fiancée ; quand elle rencontre un baby, elle ne peut plus s'en séparer. C'est là ce que j'appelle une évidence *circonstanciée* : j'ai toujours observé que lorsque deux personnes sont sur le point de se marier, elles font grande attention à tous les babies qu'elles rencontrent.

— Et, quand penses-tu que se fera ce mariage?

— Bientôt, sir ; oui, bientôt, bientôt.

— Dans huit jours ?..

— Huit jours ! yah ! yah ! dans deux ! demain ! peut-être.

— Ah ! le démon ! s'écria le chasseur s'oubliant dans sa colère, et tressaillant comme s'il eût été piqué par un serpent. Tu es un menteur, Caton !

— Qu'est-ce que j'ai dit ? répliqua le nègre en levant jusqu'à sa tête ses longues jambes ; je dit ce que je *pense* mais non ce qui *est*. Il n'y a rien de sûr dans mes paroles.

Overton se mit à marcher de long en large avec une fureur concentrée. A la fin, s'étant calmé de son mieux, il revint vers le nègre.

— Voyons ! dit-il, es-tu sûr qu'ils vont se marier demain ?

— Je le *pense*, voilà tout.

— Bien ! maintenant écoute-moi : m'entends-tu bien ?   •

— Je crois que oui, quand vous parlez.

— Ne souffle mot de notre conversation à âme qui vive, ni surtout aux gens de Sedley. Ne dis même pas que nous nous sommes vus. Me le promets-tu ?

— Oui, si, à votre tour vous ne révélez jamais que j'ai causé avec vous.

— Tu peux y compter. Mais pourquoi ?

— C'est que ça pourrait compromettre ma réputation auprès des gens respectables.

A cette réponse impertinente, Overton se sentit une violente démangeaison de gratifier libéralement le nègre de la correction qui avait excité précédemment les plaintes de ce dernier : mais il se contint, pensant qu'il valait mieux rester en bons termes avec lui.

Se contentant donc de sourire, il lui dit adieu après lui avoir recommandé le secret, et s'éloigna rapidement.

Au bout d'une heure environ il arriva à une vallée sombre, brumeuse, pleine d'arbres moussus disséminés dans une vaste clairière, et au fond de laquelle courait un ruisseau babillard.

Overton s'y arrêta ; après avoir regardé autour de lui, en homme qui attend quelqu'un, il approcha ses mains de sa bouche, et fit entendre un cri modulé sur une intonation perçante qui alla se répercuter comme un sifflement aigu, dans les échos solitaires ; mais il n'obtint d'autre résultat que de faire tourbillonner dans l'air un nuage d'oiseaux effarouchés.

Quand ce tumulte soudain fut apaisé, le chas-

seur attendit encore un moment en silence, puis,
il renouvela son appel avec plus de force. Cette
fois, un autre cri lui répondit dans le lointain ;
et, au bout de quelques secondes, le pas d'un
homme se fit entendre dans les broussailles.

Quand il apparut, on aurait cru voir une copie
très-ressemblante du chasseur, mais fort rape-
tissée : le nouveau venu n'avait d'autre dissem-
blance que sa petite taille et des cheveux gri-
sonnants ; il était vieux.

Tous deux se mirent à causer avec une grande
animation : le chasseur raconta tout ce qui lui
était arrivé dans la matinée, omettant avec soin
tout ce qui pouvait compromettre sa *responsabilité*. Son compagnon l'écouta d'un air sou-
cieux, et dans ses réponses insista sur le danger
qu'il y aurait à ce qu'on vit Overton rôder dans
le pays, alors qu'il était censé en route pour le
Canada : circonstance qui éveillerait des soupçons
et ferait avorter tous ses plans.

— N'ayez donc pas peur, Hugh! répliqua Overton, un poltron n'a jamais de bonnes fortunes.
Fiez-vous à moi, j'arriverai par la vertu de nos
carabines.

— Nos hommes murmurent de se voir rete-
nus si longtemps après le chargement du bateau.

— Qu'ils prennent patience, ils n'auront pas
beaucoup à attendre.

— La rivière décroit à chaque instant ; il nous
reste juste assez d'eau pour arriver aux cata-
ractes.

— Bien! bien, Hugh! répliqua le chasseur avec
impatience ; je tirerai l'affaire au clair cette nuit
même, quoiqu'il arrive. Tenez-vous prêt à partir
au coucher du soleil. Je vous rejoindrai au gros
rocher du Grand-Banc; si je ne suis pas là
au lever de la lune, rendez-vous sans moi à
Orléans.

— Cette affaire ne me paraît pas claire, dit

Hugh d'un air inquiet ; le vieux a un œil de faucon.

— Eh ! qui empêche de chasser le faucon de son aire ? Un bon appât, un bon piège... et le vieux renard est pris, tout rusé qu'il soit.

CHAPITRE TROISIÈME

LE CLUB AU VILLAGE

En quittant le colporteur, Dudley poursuivit sa route jusqu'au fort de bois dont nous avons parlé, situé sur un rocher à pic dont la base plongeait dans les ondes vertes de l'Ohio.

Dudley était un grand et beau jeune homme, âgé de vingt six à vingt sept ans ; aux yeux bleus pleins de franchise et de résolution ; au visage souriant et doux.

Arrivé depuis quatre ou cinq mois dans le village que nous appellerons Adrianopolis, il y avait fait une pause, annonçant qu'il se rendait à la Nouvelle-Orléans. Puis, les jours, les semaines, les mois s'étaient écoulés, il était resté dans le pays, et paraissait y oublier tous ses projets.

Dans l'honorable village il y avait, comme partout, cette classe aimable et industrieuse de citoyens qui poussent la philanthropie jusqu'au point de négliger leurs affaires pour s'occuper exclusivement de celles des autres. Ces excellents esprits assignaient aux temporisations de Dudley diverses causes, dont quelques unes lui auraient semblé peu flatteuses.

La grande fabrique de nouvelles était au bureau de poste. Le directeur, petit gentleman affairé, était délicieusement bossu ; son zèle pour satisfaire le *club des curieux* le poussait à certaines licences vis-à vis de la boîte aux lettres, dont il *vérifiait* le contenu, plus qu'il ne le devait.

Par une soirée pluvieuse et sombre, le bataillon sacré des cureux se trouvait au grand complet dans la taverne favorite ; les ménagères s'étant

montrées sur ce point tolérantes d'une façon
exceptionnelle.

Le maître de poste trônait au milieu de l'assemblée, du haut de son vaste fauteuil conforta-
blement installé vers le bout du comptoir gouver-
nemental : il recevait avec majesté les saluts des
entrants et des sortants.

Lorsqu'une lettre était demandée, le digne
fonctionnaire n'avait même pas besoin de jeter
un coup d'œil, car il connaissait par cœur toutes
les adresses de vingt épîtres, comme s'il les avait
eues entre les mains depuis plusieurs années.
Mêlant aux groupes sa grosse tête grise ornée
d'une plume derrière l'oreille — comme il convient
à un bureaucrate, — il distribuait des missives
et des verres de gin, de whiskey, ou de porter;
des poignées de main et des pains à cacheter ; des
propos malins et du papier à lettres ; trouvant,
en temps utile, le moyen de se rafraîchir lui-
même quand le besoin s'en faisait sentir.

Tout près du feu, le maître d'école occupait une place importante : cet homme grave et supérieur se distinguait par de prodigieux cols de chemises qui lui poignardaient les oreilles, par un organe soporifique et un langage traînant qui n'arrivait jamais au bout des phrases. C'était le juge en dernier ressort des arguments et des disputes ; il était admis que sa vaste tête était le réceptacle de toutes les connaissances humaines.

Il jouissait du nom de Perkins, et était originaire du Connecticut.

Un parapluie bleu reposait sur ses genoux pendant qu'il faisait rôtir ses énormes bottes fumantes. Au travers de cette sérieuse occupation son regard était digne, profond, méditatif.

A côté de lui grouillait sur un banc un nonchalant et plantureux garçon, demi-ivre, qui, le dos contre un poteau, les pieds appuyés sur la cheminée plus haut que sa tête, clignotait comme une chouette au grand jour.

Il y avait aussi le cordonnier, le tailleur, et d'autres personnages qui ne valent pas la peine d'être présentés au lecteur.

N'oublions pas Nathan Dodge, le colporteur, dont le physique ressemblait assez à celui de M. Perkins, le maître d'école.

— M. Hunt, dit ce dernier en s'adressant au maître de Poste, n'auriez vous point une lettre à mon adresse.

— Je vais voir, M. Perkins, répondit l'autre en feignant de rechercher, quoiqu'il sût parfaitement qu'il n'y avait rien. Non, Sir, ajouta-t-il en relevant les yeux, je ne vois point votre adresse.

— C'est remarquablement singulier et singulièrement remarquable ! reprit M. Perkins en confiant au feu sa seconde botte par dessus son genou ; j'attends par anticipation cette lettre depuis deux mois, et elle est encore *nolens volens.*

— C'est vrai ; il y a des désappointements dans toutes les situations de la vie. J'en suis fâché, M. Perkins, mais je ne puis découvrir ce qui n'existe pas ici.

— Eh ! de qui pouvez-vous bien attendre une lettre ? demanda insidieusement le colporteur ;... quelque *fâmme* ? ajouta-t-il d'une voix sépulcrale.

Le magister lança sur le feu un regard profond et dit, comme s'il eût parlé aux tisons :

— Ma mère.

— Ah ! ah ! je n'aurais pas cru... excusez moi... bredouilla Dodge ; vous n'en êtes point inquiet, j'espère.

M. Perkins sortit de sa poche un mouchoir en toile de ménage, mesurant au moins deux mètres d'envergure, et se moucha avec une imposante sonorité ; ensuite il essuya méthodiquement les coins de ses yeux, fourra le mouchoir dans sa poitrine, et se remit à regarder le feu.

— C'est remarquablement singulier ! murmura-t-il, j'en suis troublé.

— Je regrette ce qui vous arrive là, dit le colporteur, ce n'est pas moi qui serais dans un pareil ennui, je ne m'inquiète pas de ma mère, elle ne s'inquiète pas de moi; nous savons tous deux nous tirer d'affaire.

— Tout le monde n'en pourrait pas dire autant; je le crains bien ! soupira le cordonnier d'un ton méticuleux, comme si, pour proférer ces mystérieuses paroles, il lui eût fallu creuser au plus profond de son cœur.

Chacun le regarda, flairant du nouveau : l'orateur, redevenu muet, avait pris une lugubre attitude, pleine de réticences.

— Eh ! il y a donc du neuf? demanda Dodge.

— Est-ce grave? qu'est-il arrivé...? poursuivit le maître de poste.

— Remarquez que je n'ai rien dit ! répliqua le cordonnier avec la même emphase que s'il eût

repoussé une accusation capitale ; je n'ai rien dit,
rien du tout !

— Je suis moralement sûr que personne ne
vous en veut pour cela, observa M. Perkins avec
un charmant sourire.

— Remarquez que je n'ai rien dit ! s'écria
l'artiste en chaussures avec une exaltation croissante.

— Par le tonnerre ! je trouverais, moi, que
vous en avez assez dit ! grommela l'ivrogne, les
pieds en l'air et se balançant sur sa chaise. Après
quoi il clignota quelques instants et redevint immobile.

— Paix, Jaky ! observa le maître de poste ; vous
parlez bien, mais vous avez l'esprit trop vif.

— Oh ! mais ! je n'ai rien dit ! soupira le cordonnier.

— Je ne vois pas, objecta le tailleur, ce qui peut
tant nous préoccuper là-dedans...

Intimidé par les regards de l'assemblée, il rou-

git et se tût ; essayant pour se donner une contenance, d'insinuer son pouce dans une bouton-
nière trop étroite.

— Ah ! voyons donc ! qu'est-ce qu'il y a de
nouveau ? demanda le colporteur avec impatience.

— Je n'aperçois aucune cause qui puisse être
déterminante de votre silence ; fit doctoralement
le maître d'école.

Ainsi forcé dans ses derniers retranchements,
le cordonnier eût un demi sourire, regarda furti-
vement autour de lui et parla enfin :

— Avez-vous un pensionnaire chez vous,..
avez-vous ?

Cette question s'adressait au maître de poste qui
répliqua promptement :

— J'en ai eu plusieurs, sir.

— Mais, vous savez ; *un* surtout !

— M. Perkins, pendant l'année scolaire, est
considéré comme tel ; mais j'en ai eu d'autres.

— Je pense... je pense... dit le cordonnier en jetant un coup d'œil vers la porte,... à Charles Dudley.

Et il exhala un énorme soupir.

L'expression qui se peignit sur chaque visage, sauf celui de l'ivregne, attesta que tout l'auditoire avait eu la même pensée. Nathan Dodge fit un peu exception car il avait une singulière estime pour Dudley.

Une fois la matière entamée, chacun dit son mot.

— J'ai pour principe, fit douceureusement le maître de poste, de ne jamais me mêler des affaires d'autrui : Charles Dudley me paie chaque samedi soir en bon or, je ne lui fais aucune question. Il reçoit, par tous les courriers, des lettres dont la plupart sont timbrées de la Nouvelle-Orléans. En arrivant ici, il y a plus de deux mois, il m'a annoncé qu'il s'arrêterait quinze jours à peine. Je n'ai pas cherché à en savoir davantage, quoique, je l'avoue, ma curiosité ait été passablement excitée au sujet de son séjour prolongé.

— Il y a bien de quoi ! débita M. Perkins ; c'est démesurément naturel ; c'est dans l'ordre des choses excessivement naturelles.

— Qu'avez-vous dit, M. Perkins ? demanda le maître de poste qui l'avait parfaitement entendu, mais qui craignait que l'assemblée eut perdu quelques syllabes.

M. Perkins daigna reprendre sa phrase.

— Vous avez donc remarqué ce gentleman, M. Perkins ? reprit le maître de poste.

— Je l'ai observé plus d'une fois.

— J'ai entendu dire, hasarda le cordonnier, que M. Dudley était resté ici pour son plaisir.

On se regarda avec étonnement dans l'assemblée.

— Je l'avais soupçonné... ajouta le tailleur

4

en se levant et s'asseyant avec le plus vif embarras: quelle est votre opinion, M. Perkins?

— Mon opinion sur quoi ?

Le malheureux tailleur fut plongé dans une telle consternation par cette demande directe, et le regard qui l'accompagnait, qu'il rougit jusqu'au bout du nez, toussa et gagna la porte sous prétexte de vérifier le temps.

— Quel est son vrai nom ? demanda le cordonnier avec un regard innocent.

— Charles Dudley.

— Je m'étonnerais que ce fut son *vrai nom*; j'ai ouï dire que non.

— Qui a dit çà ? demanda Dodge avec brusquerie.

— Peut-être ferai-je mieux de ne pas nommer.. Bien des gens ne sont pas aises de voir leur nom dans la bouche du premier venu.

— Eh ! bien, s'il est permis à Nathan Dodge d'exprimer un avis, je gage que Charles Dudley s'inquiète bien peu des bavards qui parlent de lui.

— Quiconque agit comme lui doit s'attendre à exciter les bavardages, observa sévèrement le maître de Poste.

— Très certainement ! c'est l'immuable loi de l'humaine science, remarquablement signalée par les nombreux exemples parvenus à ma connaissance, dans le cours de mon existence ; ajouta philosophiquement M. Perkins.

Chacun regarda le colporteur pour savoir comment il soutiendrait le choc d'une sentence aussi savante.

Celui-ci répliqua sans se déconcerter:

— Il arrive souvent qu'on parle de gens fort estimables, et que ceux qui bavardent sur leur compte ne les valent pas.

— Vous me faites l'effet d'avoir une fameuse tendresse pour ce Dudley ! observa le cordonnier.

— Je m'en inquiète peu, mais je ne le déteste pas, comme vous autres, parce qu'il s'occupe de ses affaires.

— Je voudrais bien savoir quelles affaires peut avoir cet homme à rôder comme il le fait autour du village. Pour moi, ce n'est rien de bon !

Ayant ainsi parlé le cordonnier pinça les lèvres, secoua la tête, boutonna son habit et lança un regard aussi imposant que s'il venait de prononcer un arrêt de mort.

— Je l'avais toujours soupçonné, dit le tailleur avec quelque courage, mais en rougissant jusqu'à la racine des cheveux.

— Je ne marche pas avec ces quidams venus de l'autre côté des montagnes, sans être connus de personne ! conclut le cordonnier.

— Je jurerais, M. Pique-bottes, que vous avez besoin de dormir, car vous commencez à divaguer.

— Ce que je fais ne vous regarde pas !

— Eh! donc! ce que fait M. Dudley ne vous regarde pas non plus!

Sur quoi, le colporteur sortit vivement avec une grimace.

Les ronflements du dormeur-ivrogne opérèrent une diversion ; mais ils devinrent si scandaleux que le maitre d'école fit une motion pour l'éveiller. Le tailleur, chargé de cette besogne, s'en acquitta si malheureusement qu'il le fit glisser sur sa chaise, et le patient alla mesurer la terre avec d'horribles grognements.

Quelques efforts pour le relever furent d'abord bien mal récompensés ; l'ivrogne se mit à hurler des menaces épouvantables ; on redoubla de zèle pour le relever ; il paraît même certain que le fond de sa culotte resta aux mains du tailleur essoufflé.

Enfin on parvint à le remettre en équilibre. Mais toutes ces émotions avaient fortement troublé la conversation, et elle avait beaucoup de

4.

peine à se ranimer, lorsqu'un tâtonnement mala-
droit ébranla la porte.

Après une impatiente attente de quelques minutes on vit apparaître un gros lourdaud âgé
d'une quinzaine d'années. Le nouveau venu était
orné d'une tête grosse comme une citrouille : ses
gros yeux fixes, à fleur de tête, semblaient deux
billes de verre ; sa bouche fendue jusqu'aux
oreilles laissait voir une rangée de dents qui aurait fait honneur à un loup.

Ce joli garçon, noyé dans un habit évidemment
taillé pour son père et dont les basques lui bat-
taient les talons, ne cessait d'essuyer son nez
camard avec les trop longues manches de ce vêtement. Ses mains encapuchonnées de mitaines
prodigieuses fonctionnaient difficilement ; ses
pieds erraient dans de vastes bottes faites dans
l'hypothèse prophétique qu'elles lui serviraient
lorsqu'il serait parvenu à l'âge d'homme.

Il faillit tomber en poussant la porte, et s'arrêtant sur le seuil, promena dans la chambre ce regard hébêté spécial aux enfants. Dès que ses yeux eurent aperçu M. Perkins, il fit un mouvement rétrograde comme pour s'enfuir. A ce signe on pouvait reconnaître un pupille du maître d'école.

— Eh bien ! Sir, qu'est-ce qu'il vous faut ? un verre de toddy ? demanda le maître de poste avec une intention extrêmement malicieuse.

— Non, fit l'enfant en reniflant et s'essuyant avec sa manche.

— Quoi, donc ?

— Y a-t-il une lettre pour Georges Washington Jefferson Franklin Madison Smith ?

— Non, sir.

— N'y a-t-il pas une lettre pour Melinda Isabella Almina Smith ?

— Oui,.. voyons..: Miss Melinda I. A. Smith; je suppose que c'est ça ?

Au lieu de répondre, le jeune garçon se-

coua une douzaine de fois sa tête affirmativement, éternua, renifla et fit usage de sa
manche. Ensuite il prit la lettre à deux mains;
mais au lieu de s'en aller il resta immobile, regardant fixement le maître de poste.

— Il y a encore quelque chose pour votre service ?

— Je dois savoir aussi, s'il y a une lettre venant
d'un marinier qui est resté chez nous pendant
quelques jours, au printemps.

— Rien, mon garçon. Absolument rien.

L'enfant parut satisfait et se disposait à partir,
lorsque M. Perkins l'avisa :

— Ézéchiah !

— Quoi ?... eh !... sir... sir ! répondit-il avec
une précipitation effarée.

— Pourquoi n'étiez vous pas à l'école avant-
hier. Aye ! aye ! vous jouiez au cochonnet?

— Non sir ! non sir ! Je n'y ai pas joué depuis
que vous et papa vous me l'avez défendu.

— Vous me faites plaisir. Ainsi donc quelle était la cause immédiate et congrue de votre absence pendant la classe d'avant-hier ?

— Eh ?... quoi...? Sir...?

— Pourquoi n'étiez-vous pas à l'école avant-hier ?

— Moi et Bill...?

— William, je pense.

— Moi et William nous sommes allés à la chasse aux nids ; et Bill...

— William, souvenez-vous bien.

— Oui, William m'a fait tomber d'un arbre, et je me suis rompu le cou.

— Rompu le cou ! s'écria Nathan Dodge : qui donc vous l'a remis ?

— Papa m'y a mis une compresse et ça va bien maintenant.

— A merveille, sir ! soyez plus prudent une autre fois, Ézéchiah.

— Sir... eh...? quoi... sir...?

— Combien font deux fois huit ?

— Seize ; répondit l'enfant après avoir hésité longtemps.

— Quelle est la capitale des États-Unis ?

— Jefferson.

— Imbécile ! réfléchissez avant de répondre.

— Madison.

— Non, sir ; votre mémoire bat la campagne : allons donc, voyons !

— Ce doit être Franklin.

— Non, sir stupide !

— Que la peste m'étouffe si ce n'est pas Washington! je le sais bien, c'est le nom de Georges.

-- Ce pourrait être : allez-vous en maintenant.

L'enfant ne se le fit pas dire deux fois, et disparut aussitôt.

— C'est extraordinaire comme vous arrivez à former les enfants ! observa le maître de poste avec une intention flatteuse.

M. Perkins reçut le compliment avec dignité,

et le récompensa par un regard protecteur.

— Ah ! ça, et nous oublions ce Dudley, il me semble, poursuivit le maître de poste.

— Il me semble que nous avons assez parlé de nos supérieurs, interrompit Nathan Dodge d'un ton tranchant.

— Qu'appelez-vous, *supérieurs* ? demanda le cordonnier qui commençait à prendre feu.

— Eh ! donc ! *supérieur à vous* !

Le cordonnier se leva et tournant le dos à la porte, se mit à déclamer avec des gestes furieux :

— Je dis ce que je dis de ce Charles Dudley ! qu'est-ce qu'il fait ici ? rien de bon ! d'où vient-il ? qui le connait ? pourquoi a-t-il quitté son chez lui ? Hein ? j'aimerais le savoir ! oui je le dis, je soupçonne ce Dudley.

A cet instant la porte s'ouvrit et Dudley en personne se présenta. Le tailleur s'évertua à faire des signaux au cordonnier ; mais ce dernier était lancé, il ne voyait et n'entendait rien.

Dudley entendant prononcer son nom s'était arrêté en souriant et écoutait.

— ... Oui, sir, je le soupçonne ce Dudley ! j'affirme, je répète que, pour moi il n'a aucune valeur... Non ! et si j'avais les lois en main....

Soudain l'impétueux orateur se retourna pour lancer sa dernière période, et aperçut l'objet de son courroux... de suite son feu s'éteignit :

— Je parie que je suis en retard pour souper ; balbutia-t-il pâle et décontenancé.

Et il s'enfuit, accompagné par les éclats de rire de tous les assistants, auxquels Dudley s'associa de grand cœur.

CHAPITRE IV

LUCY DAYTON

Après avoir séparé le chasseur et le colporteur, et interrompu ainsi leur combat, le jeune Dudley descendit d'un pas souple et léger la pente du côteau.

Le but de sa course était une jolie petite habitation un peu isolée sur la lisière des bois, toute enguirlandée de fleurs, entourée d'un charmant jardin, portant en toutes ses parties un cachet de propreté et d'élégance soigneuse qui la distinguaient de toutes les maisons du village.

5

Si l'extérieur était coquet, l'intérieur était remarquable par un ordre et une propreté admi-
rables : le modeste mobilier brillait d'un poli dû
aux soins de chaque jour ; chaque objet portait les
traces d'un goût peu commun en ce qui concer-
nait sa forme et son arrangement. Partout régnait une atmosphère embaumée, révélant la
présence d'une femme.

D'un côté on voyait une bibliothèque garnie de
quelques volumes choisis ; de l'autre une étagère
chargée de fleurs exotiques.

Des gravures signées par les maitres déco-
raient les murs ; au milieu d'elles on remarquait
deux portraits, dus évidemment au pinceau d'un
grand artiste. Ils représentaient, l'un, un jeune
homme de vingt-cinq à trente ans; l'autre, une
femme de vingt ans environ.

Cette maison tranquille et charmante n'avait
que deux habitants : un vieillard et une jeune
fille. Dans le vieillard on retrouvait, sauf la

différence d'âge, une ressemblance parfaite avec l'un des portraits : l'autre reproduisait un frais visage qui avait la plus grande analogie avec les traits de la jeune fille ; sans doute, il représentait sa mère.

Pour retracer la charmante physionomie de cette gracieuse enfant il faudrait avoir la palette et les pinceaux du Corrège.

Grande, svelte, rosée comme les fleurs qui l'entouraient : portant sur son frais visage une heureuse expression de candeur et d'innocence, Lucy Dayton était l'ange modeste et solitaire de ce petit Eden.

A l'entrée de Dudley ses joues devinrent pourpres et ses yeux ingénus lui souhaitèrent franchement la bienvenue.

— Bonjour, dit joyeusement le jeune homme ; si toutefois l'heure n'est pas trop avancée pour que je puisse m'exprimer ainsi.

— Salut, ami ! je suis aise de vous voir, répon

dit le vieillard en lui serrant la main avec
cordialité.

— Comment allez-vous, chère Lucy ! ajouta
Dudley en imprimant un bon gros baiser sur la
joue de la jeune fille. Je suis un peu en retard,
continua-t-il, mais une circonstance imprévue
m'a retenu en route.

Interrogé par le regard de ses deux hôtes, il
raconta son aventure et son intervention entre Ned
Overton et Nathan Dodge.

— Ned Overton le Mangeur de poudre ? s'écria
le vieillard ; je le croyais en route pour le Canada.

— C'était aussi l'opinion générale, mais il paraît qu'il a changé d'itinéraire.

— Tant pis ! je voudrais le voir bien loin ; sa
présence m'inquiète.

— Je suis de votre avis, quoique je sois
bien loin d'en avoir peur, pourtant j'aurais
de bonnes raisons pour désirer son éloigne-
ment ; il s'est brutalement et grossièrement

déclaré l'admirateur de Lucy, ma douce fiancée.

— C'est vrai, répondit le père, il a déjà bien tourmenté ma pauvre enfant. Je crains cet homme ; il n'y a pas d'être plus obstiné, plus violent, plus vindicatif. Il ne-pardonne jamais à quiconque l'a dédaigné.

— Tout cela ne durera pas longtemps : quand Lucy sera ma femme, qu'il ose seulement se montrer, je le tuerai comme un chien !

— C'est bien dit, Charles ! une squaw indienne serait encore trop bonne pour ce vil personnage.

— Bah ! reprit Dudley, une fois parti il ne reviendra plus, il est trop mal vu dans le village. D'ailleurs, il n'oserait point agir par violence.

— Ne nous y fions pas, mon jeune ami ; je connais cet homme depuis plus de douze ans ; il y a eu plusieurs fois du sang sur ses mains ; c'est un méchant !... très-méchant.

A ces mots le vieillard secoua sa tête blanche et regarda mélancoliquement le feu.

Lucy avait gardé le silence, mais ses yeux parlaient pour elle, lorsqu'ils rencontraient ceux de son fiancé.

Ce dernier s'assit tout près d'elle et prit ses mains dans les siennes; après avoir échangé avec elle quelques mots d'affection, il lui demanda :

— Est-ce que vous avez peur, chère Lucy ? vous savez que bientôt je serai là pour vous protéger... Y a-t il longtemps que vous ne l'avez vu ?

— Oh! je n'ai pas peur, répondit la jeune fille en tournant vers Dudley ses yeux ingénus avec une adorable expression de confiance. Voilà plus d'une semaine qu'il n'a pas paru.

— Vous a-t-il dit quelque chose lors de sa dernière visite ?

— Gêné par la présence de mon père, il a peu parlé. Il m'a expliqué qu'il partait pour un long voyage au Canada.

— Et qu'avez-vous répondu ?

— Je lui ai souhaité bonne route, en lui recommandant de ne plus s'occuper de moi.

— Est-ce que çà a paru lui faire plaisir? demanda Dudley en riant.

— Oh ! non ! de ma vie je n'oublierai le sombre regard qu'il m'a lancé. Aujourd'hui je regrette d'avoir été peut-être imprudente.

— C'est possible. Enfin, qu'a-t-il répondu à cela ?

— Rien ; il s'est retiré en murmurant je ne sais quoi, d'un air furieux.

— Et vous ne l'avez plus revu?

— Non.

— Pardonnez-moi toutes ces questions, ma bien aimée Lucy ; je ne les fais ni par curiosité ni par une sotte jalousie : je désire seulement être bien renseigné sur ce coquin afin de me mettre sur mes gardes.

A ce moment un négrillon vint avertir que le déjeûner était prêt ; Lucy se leva pour préparer la table, et au bout de quelques instants les trois convives faisaient honneur au repas.

Il ne sera pas inutile de fournir quelques renseignements sur les personnages qu'on vient de présenter au lecteur.

Enoch Sedley et sa nièce Lucy Dayton étaient les deux seuls survivants d'une famille jadis riche et heureuse.

La sœur de Sedley avait épousé un des plus considérables négociants de la Nouvelle-Orléans, Georges Dayton.

Ce dernier avait péri dans une tempête, avec le navire qui rapportait d'Europe une cargaison représentant toute sa fortune et celle de Sedley.

A la nouvelle de cette catastrophe, la malheureuse veuve qui, alors nourrissait la petite Lucy, fut atteinte de spasmes nerveux auxquels elle succomba en quelques jours.

La jeune orpheline fut adoptée par Sedley qui lui portait une affection toute paternelle. Mais bientôt il eût épuisé les dernières ressources qu'il avait pu recueillir dans les débris de son opulence, et il comprit qu'il ne pouvait plus rester, pauvre et abandonné, dans cette ville où il avait occupé une position meilleure.

Enoch Sedley émigra, cherchant désormais la solitude et l'oubli. Après avoir remonté le cours de l'Ohio, il planta sa tente sur les rives sauvages et fertiles du fleuve hospitalier.

Peu à peu, des défrichements furent faits par ses mains robustes encore ; une maison s'éleva ; l'aisance rustique, — cette médiocrité dorée de quiconque est simple et modeste, — la paix, un reste de bonheur régnèrent dans l'humble ferme.

L'enfant avait grandi et devint la belle jeune fille que nous connaissons. Au contraire, Sedley s'était affaibli, une vieillesse précoce avait blanchi ses cheveux et ridé son visage.

La « Fleur des bois, » (comme les Indiens nom-

5.

maient Lucy) n'avait pas manqué d'admirateurs.
Parmi eux, celui qui avait paru le plus ardent
était Édouard Overton, que l'on avait surnommé
le « Mangeur de Poudre » aventurier sans foi ni
loi, demi-chasseur, demi-marin : ou, pour mieux
dire, écumeurs de mers, de fleuves, et de bois ; et
qui, à tous ces métiers, avait amassé une fortune
assez considérable.

Ses prévenances avaient été repoussées avec
horreur par le vieillard et la jeune fille ; mais il
n'était pas homme à se rebuter pour si peu : rien
ne pût réduire ses impudentes prétentions ; il
devint la terreur de cette habitation jusqu'alors si
paisible.

Sur ces entrefaites arriva Charles Dudley. Il
était jeune, beau garçon, bien élevé, de manières
fort agréables, et ne tarda pas à se lier avec
Sedley. Dès sa première visite, Dudley devint
amoureux de Lucy ; et, lorsqu'il s'aperçut qu'il
était le bienvenu il la demanda en mariage.

Ainsi avait été conclue cette idylle au désert que nous venons d'esquisser en quelques mots.

Reprenons maintenant le cours de notre récit.

CHAPITRE V

DRAMES DES FORÊTS

Dans l'innocente préoccupation de leur amour, les deux fiancés ne s'étaient point aperçus que les heures s'écoulaient rapides et que le soir était venu.

Les premières ombres du crépuscule les ayant avertis de leur mutuelle inadvertance, Dudley partit en grande hâte, après avoir redit à Lucy des futilités affectueuses que tous deux s'étaient répétées cent fois pendant cette bienheureuse journée.

Environ deux heures après son départ, les hôtes de la petite maison solitaire entendirent le pas d'un cheval, et aussitôt Hugh Overton parut sur le seuil de la porte.

— Holà, eh! cria ce dernier, le vieux bonhomme est-il là?

— Si par « vieux bonhomme » vous prétendez me désigner, je suis là, répondit M. Sedley.

— Je viens vous voir, squire, répliqua Overton avec un gros rire, au sujet de cette pièce de terre que vous voulez nous vendre, sur le bord de la rivière. Vous savez! nous avions dit que nous en reparlerions.

— Je veux bien; mais, êtes-vous bien pressé?

— Assez... pourquoi?

— C'est que, répartit le vieux gentleman avec un sourire, j'ai en tête une autre affaire importante; et si vous vouliez attendre un jour ou deux cela me ferait le plus grand plaisir.

— Quelle grande opération entreprenez-vous donc? peut-on vous le demander sans indiscrétion?

— Certainement ; je marie ma nièce Lucy, et nous sommes dans tous nos préparatifs.

Le vieillard ne s'aperçut point du nuage qui assombrit les traits d'Overton. Celui-ci, réprimant aussitôt son émotion, poursuivit :

— Je suppose que c'est le jeune Dudley qui est l'heureux coquin !...

— Ma foi oui ! il est pressé de terminer tout cela,... mais pressé !... de telle sorte que vous m'obligeriez en différant l'autre affaire.

— Je serais ravi de vous obliger, squire ; mais, voyez-vous, je suis chargé par mon frère Ned de conduire un bateau à New-Orléans, et je vais partir ; cela ne me laisse aucun temps.

— Quand partez-vous ?

— Dans six ou huit heures.

— Eh ! bien, je suis à votre disposition.... Caton ! Caton ! appela M. Sedley cherchant autour de lui ; où donc peut être ce moricaud ? il n'est jamais là quand on en a besoin. Caton ! Caton !

Peu à peu, une voix qui paraissait sortir de dessous terre se mit à répondre :

— Il-vient:-il-se-ra-bien-tôt-là,-massa.

— Ce démon noir est une vraie peste pour moi. Ce matin ne s'est-il pas avisé de placer une cible entre les cornes d'un veau et de tirer dessus : il a tué l'animal comme on pouvait s'y attendre.

— Me voilà, massa ! glapit le nègre, débouchant d'un coin du jardin, et accourant à toutes jambes.

— D'où viens-tu comme cela ? Tu sais que l'on a besoin de toi continuellement, et qu'ainsi tu ne dois pas quitter la maison.

— Une affaire importante me retenait, je ne pouvais l'éviter. Bien fâché d'avoir fait attendre massa.

— Pas tant de paroles ! cours à l'écurie aussi vite que tes grosses pattes le pourront, selle le cheval noir et amène le ici.

— Yah! yah! c'est bien çà! mettre la selle! répéta le nègre en s'éloignant au trot.

— J'espère que nous serons d'accord pour le prix, dit M. Sedley en se retournant vers Hugh Overton qui souriait aux facéties du nègre.

— Évidemment, et sans discussion... pourvu toutefois que vous rabattiez un peu de vos prétentions.

M. Sedley donna une expression rigide à son visage, et répondit gravement :

— J'ai dit mon dernier mot, je vous le certifie.

— Bien, bien ! squire ; ce n'est pas çà qui empêchera le marché : si la terre me convient, j'en donnerai le prix.

— Si j'ai bonne mémoire, vous m'avez déjà dit que cela faisait votre affaire : je regarde donc cette négociation comme accomplie. Vous prenez la conduite du bateau de votre frère, je crois?

— Oui ; j'ai si souvent navigué sur l'Ohio et le Mississipi que j'en connais tous les bas-fonds, toutes les chûtes : il en résulte que mon frère n'a confiance qu'en moi.

— Effectivement vous passez pour le meilleur pilote du pays.

— Sans me vanter je pourrais le dire : depuis trente ans que j'y passe mon existence, je dois connaître tout çà.

— Cependant, je parierais qu'il y a encore certaines choses que vous ne connaissez pas parfaitement.

— Lesquelles, donc?

— Les écueils et les roches tranchantes du Mississipi, qui déchirent quelquefois le fonds des bateaux au point de les faire sombrer.

— Pour çà, vous avez raison, squire, aujourd'hui vous avez un bon attérage ; demain vous risquez de scier votre bateau sur ces maudites roches. Plus d'une fois il m'est arrivé des voies d'eau si promptes que j'avais à peine le temps de m'échapper. La roche tranchante est ce qu'il y a de pire, nous appelons ça « un scieur de long. »

— Ah ! je ne savais pas.

— Oui, le « scieur de long » est ce qu'il y a de pire dans le Mississipi.... mais, ne trouvez-vous pas, Squire, que votre nègre met longtemps à seller le cheval.

— J'y pensais, je vais...!

— Que diable signifie ce bruit? interrompit Overton.

On entendit soudain la voix de Caton montée au diapason le plus aigu :

— Whoa ! ho ! ho ! donc ! qu'est-ce que c'est que çà ? je vais vous corriger, insolent ! — Attrape çà, Noiraud !

Puis les clic-clac d'un fouet résonnèrent.

— C'est à M. Caton que tu as affaire, butor ! poursuivait le nègre ; je te le dis pour ta gouverne : Vlan ! attrappe ! Whoa ! ho ! là ! ho ! là !

— Il se dispute avec votre cheval, dit Hugh Overton.

— Mon Dieu oui! répliqua Sedley avec impatience, je vais voir ce qui en est...

Au même instant le cheval apparut, piaffant, caracolant, avec le nègre sur son dos.

— Qu'est-ce donc que ce bruit? demanda M. Sedley.

— J'apprends à cette brute comment il faut se conduire avec un supérieur.

— Bon! encore une sottise!

— Mais il m'a pris mon chapeau! je n'en retrouverai pas le pareil! répondit Caton lamentablement.

Le vieillard et Overton ne purent s'empêcher de rire.

— Enfin! comment ça s'est-il passé? demanda Hugh.

— Je circulais autour de lui, lorsque ennuyé sans doute de me voir si près, il a mordu mon chapeau et l'a enlevé avec deux ou trois cheveux.

— Il fallait le lui ôter.

— Il fallait pouvoir ! j'ai bien essayé, mais il a failli me prendre la main.

— A-t-il donc avalé son chapeau ? demanda Sedley.

— C'est mon opinion. Mais la maudite bête n'y reviendra pas, je ne l'approcherai plus. Yah ! yah ! yah ! Il se passera du temps avant que je l'approche.

— Partons ! partons vite ! dit M. Sedley en se mettant en selle avec l'agilité d'un jeune homme. Caton, souviens-toi de bien garder la maison jusqu'à mon retour. Je reviendrai bientôt.

Comme les deux cavaliers partaient, Lucy apparut sur le seuil de la porte et demanda :

— Quand vous reverrai-je, mon oncle ?

— Dans une heure ou deux, au plus tard.

— Revenez le plus tôt possible.

— Pourquoi, mon enfant, as-tu peur de demeurer ici seule ?

— Je voudrais être plus courageuse, répondit la jeune fille d'un air préoccupé.

— Si tu es inquiète, je renverrai cette affaire jusqu'au retour de M. Overton.

— Ah! mais non! s'écria ce dernier avec vivacité, si nous ne faisons pas marché aujourd'hui, il n'y faut plus penser. D'ailleurs, quelle crainte peut avoir cette jeune fille...? Caton ne lui tiendra-t-il pas compagnie jusqu'à votre retour?

Lucy feignit de prendre son parti et répliqua d'un air calme :

— Que je ne vous retienne pas. Caton restera fidèlement avec moi, j'en suis sûre.

— Yah! yah! yah! certainement! dit le nègre avec un geste superbe.

Décidé enfin, M. Sedley partit avec Overton, mais sans être complétement rassuré ; plusieurs fois il fut sur le point de rétrograder.

Néanmoins, la jeune fille resta seule, et pour chasser une indéfinissable inquiétude, elle chercha à se distraire par toutes sortes d'occupations.

Mais elle eut beau faire ; son esprit assiégé de sombres pensées se débattait sous d'étranges pressentiments. Peu à peu elle tomba dans une rêverie profonde au travers de laquelle flottaient mille appréhensions vagues. Ce mariage, qui jusque là avait été le bonheur pour elle, lui apparut comme une loterie fantastique où le gain était chose incertaine. Elle se demanda si Dudley serait toujours tendre, bon, affectueux ; s'il ne se lasserait pas un jour de cette vie rustique et simple. Un découragement profond enveloppa la pauvre enfant comme une ombre funèbre ; peu à peu ses yeux appesantis se fermèrent, un sommeil pénible s'empara d'elle.

... Les heures s'écoulèrent,... l'ombre du crépuscule s'étendit sur les bois...

Tout-à-coup Lucy s'éveilla en sursaut, avec d'affreux battements de cœur. En même temps

elle entendit un bruit de pas dans les broussailles, et Édouard Overton, le redoutable chasseur,
apparut à l'entrée du jardin.

Sous la double impression de ses tristes rêve-
ries et de l'horreur que lui inspirait cet homme,
Lucy se leva précipitamment et voulut regagner
la maison.

D'un bond, le Kentuckien se plaça sur son
chemin, et posa lourdement la main sur son
épaule.

— Non, non! miss, vous ne m'esquiverez pas
ainsi aujourd'hui ; lui dit-il brusquement.

— Que voulez vous, M. Overton? retirez donc
votre main !... lâchez-moi !... il faut que j'aille...
mon père ! mon père ! s'écria la jeune fille.

— Votre père ! ah ! ah ! il pense à autre chose;
Hugh prend soin de lui.

— Mon Dieu ! je suis perdue, vous aviez tout
préparé pour l'accomplissement de quelque projet affreux !

— Pas tant de paroles ! ma belle ; il faut me suivre, voilà tout. Eh ! il pourra vous arriver pire que d'être ma femme, — la femme d'un hardi Kentuckien ! — Est-ce qu'un gibier comme vous doit-être le butin d'un de ces damnés Yankees ?

— Laissez-moi ! Édouard Overton ! laissez-moi ! criait la malheureuse enfant en se débattant ; vous serez puni de votre méchanceté ! oui ! j'aurai des vengeurs ! laissez-moi !

Le bandit la saisit dans ses bras, comme il eût fait d'un enfant, appuya sa large main sur sa bouche pour étouffer ses cris, et l'emporta dans le bois malgré sa résistance désespérée. Arrivé près de son cheval, il s'élança en selle, plaça Lucy en travers devant lui, et s'enfonça au grand galop dans les profondeurs de la forêt. — ...

Le vieux Sedley se hâta de revenir à son *cotta-*

ge, dès que le complice d'Édouard, Hugh Overton, l'eut rendu libre en terminant les négociations de leur prétendue vente.

La distance à franchir était assez longue pour l'obliger à ralentir un peu l'allure de son cheval fatigué. Il marchait donc au pas, en gravissant la dernière côte qui le séparait de la rivière, lorsqu'un piéton passa près de lui, suivant une direction oblique.

— C'est vous Sawger ? lui cria le vieux gentleman en le reconnaissant ; comment se fait-il qu'Overton m'ait dit que vous partiez avec lui comme pilote, pour New-Orléans ?

— Eh bien ! c'est vrai ! répondit l'homme, d'une voix rauque et avinée.

— Mais, il était si pressé à cause de l'abaissement des hautes eaux !

— Je ne dis pas non.

— Vous ne partez donc pas avec lui ?

— Pourquoi pas ?

— En ce cas, si vous voulez atteindre le bateau, il vous faut marcher plus vite.

— Laissez moi donc tranquille ! je sais ce que
je sais. Le sentier qui mène au Grand-Banc est
droit comme la jambe d'un héron. J'y serai toujours assez tôt. Car, voyez-vous, ajouta l'ivrogne
d'un ton confidentiel, je vais vous dire un grand
secret ! ce polisson de Ned doit nous y rejoindre...
et il nous fait assez attendre, Dieu merci !

— Edouard Overton, dites-vous ? s'écria Sedley;
vous l'attendez...?

— C'est sûr : qui, diable ! voulez-vous que j'at-
tende?

— Mais vous vous trompez : c'est Hugh seul
qui part avec le bateau ; son frère est parti pour
le Canada.

— Ah ! satané farceur de Canada ! s'écria
l'ivrogne; je vous le dis, tout ça c'est de la frime!
Il vient à Orléans avec nous. La seule chose qui
me tracasse, c'est qu'il rôde dans les environs

comme un chat au mois de mars, au lieu de venir nous rejoindre : pourtant le bateau est chargé, la rivière baisse ; tout ça finira mal.

Sedley ne fit aucune autre question : un soupçon affreux venait de germer dans son âme. Il enfonça les éperons dans le flanc de son cheval, et arriva chez lui, bride abattue.

Le premier objet qui frappa ses regards fut le bonnet blanc de Lucy, qui était tombé sur le gazon pendant la lutte ; quelques pas plus loin, vers la lisière du bois, il aperçut son fichu de mousseline.

Aussitôt, le vieillard, saisi par la certitude cruelle d'une catastrophe, promena autour de lui ses yeux inquiets, et recueillit à la hâte divers indices insaisissables pour tout autre qu'un chasseur Indien.

Sur le sol, des feuilles étaient tombées en quantité plus grande que d'habitude ; des branches étaient froissées à hauteur d'homme ; quelques unes, même, arrachées, gisaient sur le sentier de la forêt ; évidemment, ces désordres avaient été produits par une lutte ; ces débris avaient été arrachées par une main cherchant à se cramponner à tout ce qui l'entourait.

Sedley se précipita vers la maison, fit le tour des chambres vides et solitaires, en appelant la jeune fille. Le bruit de ses pas, le son de sa voix tremblante troublèrent seuls le silence glacial qui régnait autour de lui.

Il ne pût douter de la poignante réalité ; alors s'opéra dans cette organisation chancelante, mais finement trempée, une métamorphose incroyable. Avec la vigueur et l'agilité d'un jeune homme, il sauta à cheval et enlevant sa monture à la pointe de ses éperons, il partit comme la foudre dans la direction du Grand-Banc, lieu où le bateau des frères Overton était à l'ancre.

Un instinct, clairvoyant comme la seconde vue venait d'illuminer devant lui le sentier sombre

6.

du crime ; le vieillard vengeur courait sus à Overton que lui désignaient ses pressentiments.

Pendant qu'il dévorait l'espace, son esprit reconstituait avec une lucidité merveilleuse tout le réseau d'embûches que les deux complices avaient tendu autour de lui. Il voyait le « Mangeur de Poudre » arrivant comme un loup affamé, bondissant au milieu de la maison paisible et désarmée, enlevant Lucy malgré ses pleurs et sa faible résistance : et ensuite... ensuite, un voile de sang lui dérobait l'issue de ce mystère fatal ! A ces pensées, son poing se crispait sur son long couteau, ses éperons ensanglantaient le cheval furieux qui volait au travers du bois.

Sur sa route, il lui sembla voir un chariot traîné par une haridelle trottinante ; la voix de Nathan Dodge le héla gaillardement : mais Sedley n'y prit pas garde ; qu'avait-il besoin de causer en route ? Qu'avait-il besoin de demander des renseignements ? à travers l'ombre et l'espace il voyait Overton rayonnant dans l'auréole du crime.

Ce dernier, avait cherché vainement à fuir avec toute la célérité possible : son cheval, irrité du double fardeau qu'il avait à porter, effrayé par les cris de Lucy, se cabrait, piétinait avec fureur sans avancer. Le passage du chariot conduit par le colporteur augmenta l'espèce de vertige qui s'était emparé de l'animal ombrageux et rétif.

Plusieurs fois, Overton faillit être désarçonné. Cependant il sentait avec rage qu'il perdait l'avance ; et, à diverses reprises, il put distinguer le bruit croissant de la course impétueuse qui rapprochait Sedley à chaque seconde.

Certain d'être poursuivi, encore plus certain d'être atteint dans sa fuite si elle n'était pas plus rapide, Overton piqua droit vers la rivière pour la traverser à la nage. Mais son cheval résista furieusement ; au point que, désespérant d'en venir à bout, Overton mit pied à terre, saisit Lucy dans ses bras, l'emporta sur le bord de l'eau, jusques dans un énorme tronc d'arbre creux où il la garrotta étroitement ; et, après avoir amoncelé devant elle une barricade de broussailles entrelacées, il remonta à cheval, puis il continua sa route dans la direction du Grand-Banc.

Presque au même instant, Sedley arrivait sur lui, au triple galop, dépassant, sans s'en douter, le lieu où était Lucy. Overton n'en demandait pas davantage, espérant dérouter le vieillard par l'audace et le mensonge.

— Où est mon enfant? ma Lucy? Gredin! rends-moi ma fille! s'écria Sedley en lui sautant à la gorge.

— Est-ce que je m'occupe de votre enfant? répliqua le chasseur en cherchant à lui faire lâcher prise, je suis peut-être chargé d'elle? Allez donc voir du côté de son bel Yankee : elle est partie avec lui sans doute !

— Monstre! impudent menteur! C'est toi qui l'as enlevée : tu voulais l'emmener à Orléans pour lui faire subir tes infâmes volontés. Tu l'as ca-

chée dans les bois !.... Oh ! rends la moi ! par
pitié rends la moi !

— Lâchez-moi, Enoch Sedley ; je n'ai rien de
commun avec votre nièce. Allez, comme je vous
l'ai dit, la demander au Yankee ; je parierais bien
qu'il sait où elle est.

— Ah ! c'est comme ça ! rugit le vieillard
enflammé de colère. Eh ! bien ! je vais commencer par la venger.

A ces mots il se rua sur le chasseur, si violemment que ce dernier fût renversé de cheval.
Dans sa chûte il avait saisi Sedley qui fut entraîné avec lui : tous deux, entrelacés comme
des serpents luttèrent pendant quelques minutes.

Bientôt, la vigueur passagère qui animait le
vieillard succomba sous la force herculéenne
d'Overton. Celui-ci reprit le dessus, plongea
une main dans la longue chevelure blanche de
son adversaire, et lui renversant la tête sur le

sol, le saisit de l'autre main, à la gorge, pour l'étrangler.

Au même instant, Overton se redressa convulsivement, poussa un cri rauque et retomba lourdement sur le flanc. Il était mort.

En se débattant, Sedley s'était cramponné au couteau d'Overton, l'avait sorti du fourreau, et instinctivement en avait porté la lame à la poitrine de son adversaire. Le chasseur s'était enferré lui-même, l'acier lui avait traversé un poumon.

Sedley se releva, épouvanté de cette issue inattendue, et jetant loin de lui l'arme fatale, il resta immobile, contemplant avec des yeux égarés, ce cadavre qui ne lui inspirait plus que de la pitié.

Mais, au bout de quelques instants, il fut rappelé à lui-même par l'approche d'un voyageur dans la forêt. Pressé de se dérober aux regards, il enveloppa le corps du chasseur dans les plis

de son manteau et le fit rouler sur la pente es-
carpée que formait en ce lieu la rive de l'Ohio.

Ensuite il remonta à cheval et s'enfonça rapidement dans le fourré.

CHAPITRE VI

RETROUVÉE !

Pendant que s'accomplissaient les événements qui viennent d'être rapportés, Charles Dudley accompagné d'un missionnaire qui devait procéder à la célébration de leur mariage, arrivait au *Cottage*, plein de joie, d'amour et d'espérance.

Inquiet de n'y apercevoir aucune lumière et de n'y entendre aucun bruit, si ce n'est une sorte de plainte sourde et étouffée, il courut avec précipitation jusqu'à la porte d'entrée.

Là, il trouva Caton en pleurs, poussant les gémissements qu'on entendait au loin.

7

— Qu'y a-t-il donc, Caton ? demanda Dudley d'une voix inquiète.

— Oh-o-o ! sanglota le nègre tout en parlant d'une manière inintelligible. Est-ce vous, massa Dudley ! Oh-o-o ! miss Lucy ! miss Lucy ! disparue pour toujours ! disparue pour toujours !

— Grand Dieu ! que me dis-tu là ?

Et Charles parcourut fièvreusement la maison : il n'y trouva qu'un silence désolé.

— Caton ! au nom du ciel ! Caton ! explique-moi donc ce qui est arrivé ! cria le jeune homme en secouant avec impatience le nègre qui continuait à pleurer.

— Oh ! massa Dudley ! miss Lucy a été emmenée ! Ned Overton est venu par ici. En m'en allant au village, je l'ai vu qui sortait avec une femme ; il me semblait que c'était la jeune Miss. J'en suis sûr maintenant.

L'affreuse lumière éclata sur Dudley comme une bombe ; avant même que le nègre eût ter-

miné ses incohérentes réponses, le jeune homme
sautait en selle, piquait des deux, et disparais-
sait sans entendre les exclamations du missionnaire stupéfait.

Au bas de la colline il rencontra le colporteur:

— Holà! Dodge! lui cria-t-il de loin ; avez-vous
rencontré Ned Overton par ici?

Le colporteur, toujours prêt à entrer en conversation, arrêta sa *Rossinante :*

— Tiens! c'est vous, squire Dudley! bien le
bonjour! Est-ce qu'il vous est arrivé quelque
chose?

— Ah! répondez-moi donc! Nathan Dodge,
fit Dudley d'un ton colère ; avez-vous aperçu
Overton ?

— Oui, ma foi! je parierais bien que c'était lui.
Sans pouvoir l'affirmer... je suppose fortement...
Mais oui! c'était bien lui !

— Avait-il une femme sur son cheval avec lui?

— Oui... je ne pourrais dire... Je penserais

plutôt qu'il avait... Mais si ! c'était bien une femme.
C'est prodigieux ! A-t-il fait quelque sottise ? A-t-
il ? — A-t-il ?...

Dudley était déjà bien loin avant que l'honnête
Dodge eût cessé de parler. Celui-ci, tout gonflé
des questions qu'il n'avait pu faire, flairant aussi
quelque événement mystérieux, hâta le pas pour
se rendre au village, espérant trouver quelque
éclaircissement au Club des curieux. Peu à peu
le tintement de ses clochettes s'affaiblit, puis s'ef-
faça ; la forêt redevint solitaire et silencieuse
comme auparavant.

Un moment Dudley fut indécis sur la direction
qu'il devait prendre : car il était resté dans la
persuasion que le chasseur partait pour le Canada.
Au bout de quelques instants, une sorte d'inspi-
ration le convainquit que ce prétendu voyage
n'était qu'un grossier mensonge, mis en avant par
Overton pour cacher ses criminels projets et en
faciliter l'exécution.

Dudley poussa donc son cheval sur les bords de la rivière, prêtant une oreille inquiète au moindre murmure soulevé dans la forêt.

Lorsqu'il eût fait ainsi près d'un mille, il tressaillit en entendant une voix étouffée et faible comme un murmure. Elle paraissait sortir du sein des eaux. Aussitôt il s'orienta de son mieux et marchant doucement, dans le plus profond silence, il arriva jusque sur le sable qui formait les basses rives du fleuve.

Là, il fut un instant sans rien entendre ; le clapotis des eaux couvrait tous les murmures de la solitude. Alors il jeta dans toutes les directions des regards perçants : rien n'apparaissait à ses yeux. Par moments il lui semblait distinguer une plainte mourante.... Mais ce son fugitif s'évanouissait aussitôt, comme entraîné par le vaste courant du fleuve.

Dudley fut sur le point de traverser l'Ohio ; mais une prompte réflexion le retint : il aurait été impossible au meilleur cheval de traverser avec deux cavaliers ces eaux larges et profondes; Overton ne pouvait avoir tenté cette entreprise désespérée.

Dudley, dans son angoisse, ne savait plus quel parti prendre; il se disposait à quitter la rivière pour aller battre les autres parages de la forêt, lorsqu'un dernier cri plus lamentable parvint à ses oreilles.

Cette fois la, direction était moins incertaine, Dudley courut en avant. A peine avait-il fait quelques centaines de pas, qu'il découvrit sur la terre humide des empreintes de pieds.

— Ah! se dit-il avec un frémissement de tigre, voilà la trace! j'approche de la tanière.

Et il s'avança courbé, rampant comme une panthère, le couteau aux dents, sa carabine à la main.

Tout à coup la voix s'éleva à côté de lui; il la reconnut c'était celle de sa chère fiancée.

D'un bond il fut au pied de l'arbre creux.

— Lucy ! chère ! me voilà ! criait-il en arrachant impétueusement la barricade de broussailles.

Au bout d'une demi seconde, les liens de la jeune captive étaient tranchés ; elle tombait dans les bras de Dudley et reposait sa tête sur son épaule en versant de chaudes larmes de joie.

— Charles ! dit-elle enfin, en relevant son visage pâle ; ah ! Charles, quelle terrible nuit est-ce là le rêve heureux que nous avions fait ?

Puis elle se remit à pleurer et chancela sur ses jambes meurtries.

— Plus de craintes ! ma bien-aimée ! ma gentille Lucy ! répondit Charles en l'asseyant doucement sur la mousse : les projets de ce scélérat sont déjoués. Je suis là, moi, pour vous défendre. Venez, regagnons notre maison où le bon missionnaire nous attend avec votre oncle.

— Je suis dans une mortelle inquiétude à son égard. L'avez-vous vu ? l'avez-vous entendu ?

— Non, bien chère Lucy. Mais que redoutez-vous ?

— Je crains quelque autre catastrophe, Charles ! mon oncle s'était mis à la poursuite d'Overton. J'ai entendu, il me semble, deux voix irritées ; puis une lutte ; puis.... un cri affreux, un râle-ment, la clameur déchirante d'un mourant ! Charles ! peut-être ne reverrons-nous pas mon oncle. Hélas ! il est mort en combattant pour moi !

Dudley garda un triste et sombre silence ; sans oser l'avouer, il partageait toutes les craintes de la jeune fille.

Néanmoins, lorsqu'après avoir amèrement pleuré elle parut reprendre quelques forces, il s'efforça tendrement de dissiper ses sinistres appréhensions et lui conseilla de revenir au cot-tage, où sans doute se trouverait M. Sedley.

Mais la courageuse enfant ne voulut point son-ger au retour :

— Cherchons mon bon oncle, dit-elle ; il est peut-être loin de nous, gisant dans le bois, blessé, perdant tout son sang, mourant faute de soins.

— Cherchons ! ma bien-aimée, avait répondu Charles.

Et tous deux passèrent un temps considérable à fouiller les broussailles, appelant, écoutant, tressaillant au moindre bruit, et cherchant encore.

Enfin, las et découragés, ils reprirent le chemin du cottage ; ils y trouvèrent seulement le missionnaire qui avait attendu avec une curiosité inquiète l'issue de cet événement étrange.

Presque au même instant M. Sedley arriva pâle, épuisé, les vêtements en désordre, se soutenant à peine.

Lucy se jeta tendrement dans les bras tremblants que lui tendait le vieillard. Leur émotion était si grande qu'ils ne purent prononcer une parole.

7.

Après être restés longtemps embrassés, tous deux se séparèrent; Sedley, pour s'asseoir devant la table, sur laquelle il appuya sa tête vacillante; Lucy, pour se rapprocher de Dudley.

A ce moment arriva Caton. Quand il aperçut sa jeune maîtresse, ce fut un vrai délire : il embrassa les pieds, les mains, les vêtements de la jeune fille, sauta en l'air, se roula par terre, poussa des cris joyeux, bredouilla toute espèce de mots inintelligibles, et finit par se coucher sur le seuil de la porte, comme un chien fidèle, pour garder la maison.

Ces démonstrations bizarres du brave nègre ranimèrent un peu les esprits abattus, en les égayant un peu.

Dudley profita de ce moment favorable pour solliciter doucement Lucy de conclure leur mariage.

— Le pieux missionnaire ici présent, ajouta-t-il, est venu pour bénir notre union. Ne retardons pas notre bonheur commun ; ne différons pas ce moment désiré par moi, où je serai hautement, ouvertement, votre protecteur.

Mais quelques instances que pût faire le jeune homme, Lucy ne se décidait point.

— Non, mon ami, répondit-elle ; non, pas aujourd'hui. Ne confions pas à cette nuit terrible les premiers moments de notre existence commune. Ce serait la commencer sous de tristes et menaçants auspices. D'ailleurs, poursuivit-elle, en lui montrant Sedley affaissé sur la table, est-ce le moment de songer à la joie, quand notre pauvre oncle paraît aussi souffrant.

Dudley n'osa insister ; après avoir reçu, au travers d'un doux sourire, l'assurance que ses vœux seraient très prochainement accomplis, il se retira avec le missionnaire, laissant à regret cette maison solitaire défendue seulement par un vieillard épuisé et une frêle jeune fille.

Bientôt toutes les lumières s'éteignirent au cottage : Lucy et son oncle se livrèrent au repos dont ils avaient tant besoin ; Caton commença, sur sa couche de paille dans l'écurie, un concert aussi sonore que peu harmonieux, sans pour cela être troublé dans son sommeil.

Une heure plus tard, une forme humaine se montra à la porte qui venait de tourner sans bruit sur ses gonds ; cette ombre silencieuse se glissa dans l'ombre projetée par le toit, fit le tour du jardin, entra dans l'écurie par une porte de derrière ; au bout de quelques instants, le même fantôme reparut emmenant avec lui un cheval, le conduisit lentement et avec précaution hors de l'enclos, puis se mit en selle et gagna les noires profondeurs de la forêt.

CHAPITRE VII

FANTOME ET CADAVRE

C'était un solennel spectacle que la paisible solitude et son fleuve majestueux baignés par les
rayons d'une lune resplendissante.

L'astre blanc de la nuit s'abaissait vers l'Ouest
derrière les grands arbres dont elle dessinait les
formes fantastiques sur les eaux sombres de l'O-
hio. Çà et là, dans les épais feuillages, se proje-
taient des traits de lumière, découpant l'ombre
comme des lames d'argent glissant sur du velours.
Sous le rayonnement mystérieux de ce demi-jour
nocturne, chaque objet devenait bizarre, mons-

trueux, effrayant ; chaque tronc noueux devenait
fantôme ; chaque branche se tordait comme un
serpent ; chaque buisson figurait un gnôme ou
un vampire fouillant le sol de ses ongles cro-
chus.

Dans le fond des herbes emmêlées brillaient
des éclairs, — yeux farouches des monstres solitaires qu'enfante la nuit ; — sautillaient des atômes en sinistre gaîté, des larves en joyeuse
humeur.

D'un fourré à l'autre s'échangeaient des cris
stridents, furtifs, grinçants, moqueurs et insaisissables ; — c'était le bavardage des ténèbres, le
cri d'amour ou cri de guerre des esprits nocturnes,
des insectes géants, des citoyens inconnus qui
peuplent le royaume des mousses et des fougères.

Comme une tête énorme penchée sur l'eau
pour s'y mirer, une péninsule inclinait sur l'Ohio
sa chevelure gigantesque d'arbres abattus sur ses

rives. En dessous de ce promontoire, tourbillonnait un gouffre creusé par le remous séculaire des eaux ; là venaient s'engloutir et disparaître tous les corps flottants qu'amenait le courant du fleuve.

Une ombre s'agitait dans la partie obscure de ce promontoire : elle s'avançait pesamment, comme chargée d'un lourd fardeau. Cette ombre avait forme humaine. Quand elle fut arrivée à la clarté lunaire, elle se redressa, parût se dédoubler, et présenta la forme d'un fantôme en portant un autre.

Arrivé à l'extrémité du promontoire, le fantôme se cramponna aux branches qui l'environnaient, fit glisser devant lui un corps qui oscillait sur son épaule et le maintint debout sur un vieux tronc d'arbre surplombant le gouffre.

Cela fait, il regarda cauteleusement autour de lui, écouta le profond silence ; ensuite saisissant à deux mains le corps, il le jeta dans l'eau : puis, allongeant au delà des feuillages son cou décharné et son visage terreux, le fantôme regarda avec une anxieuse et farouche avidité.

L'onde noire absorba sa proie avec une sorte de hoquet profond, quelques rides serpentèren à la surface, et tout fût fini.

Le fantôme avait commencé à exhaler un soupir de soulagement ; le souffle s'arrêta tout-à-coup dans sa gorge qui rendit une rauque exclamation. Le cadavre confié au tourbillon venait de reparaître au large, et flottait sur l'eau, présentant en l'air ses yeux éteints, son front hâve, sa bouche crispée, sa poitrine trouée par une large plaie. Chaque secousse produite par une vague, ployant ou redressant le corps, faisait jaillir un flot intermittent de sang, ou arrachait à ses flancs inanimés une sorte de râlement sourd ressemblant à des paroles d'outre-tombe.

Le fantôme s'arma d'une énorme pierre, la lança furieusement contre le cadavre. Il ne l'at-

teignit pas : l'eau rejaillit en écume grise, et cla-
pota; le corps reparut à peu de distance, agitant,
d'un air de menace, sa tête disloquée que les vagues secouaient.

Le fantôme se mit à courir le long du rivage,
suivant d'un œil hagard l'ennemi flottant qu'en-
traînait le fleuve.

Un moment il crut pouvoir l'accrocher avec
une longue branche dont il s'était muni : mais
son espoir fut déçu, le mort s'éloigna lentement
de la main qui venait de l'effleurer, et continua de
naviguer dans sa tombe liquide.

Alors le fantôme se mit à quitter ses vêtements,
et paraissait prêt à se jeter à la nage pour saisir
le funèbre fugitif, lorsqu'un tumulte soudain le
fit stationner. Il s'enfonça précipitamment dans
l'ombre et écouta.

Le son grinçant d'un violon, qui jouait des airs
diaboliques, se mêlait à des chants d'ivrognes en-
tremêlés d'éclats de rire. Tout cela sortait d'un

bateau long et effilé, descendant rapidement le cours de l'Ohio.

Sur le pont circulaient des groupes de matelots qui chantaient, parlaient, juraient, riaient et fumaient à l'envie les uns des autres. Debout près du gouvernail, un homme seul, — le pilote, — restait silencieux, sondant du regard le cours de la rivière, et n'entendant même pas le bruit qui se faisait autour de lui.

Cependant vint un moment où ses oreilles importunées ne purent en supporter davantage.

— Avez-vous bientôt fini votre branle-bas infernal, gibier de potence? leur cria-t-il brusquement.

Mais ce furent paroles perdues : le *Violoneux* accorda son instrument fatal, et se mit à jouer l'air du « Passager de l'Arkansas ; » aussitôt la troupe endiablée forma une ronde de longue haleine, pendant laquelle grimaces, contorsions, sauts périlleux et trépignements féroces ne furent pas épargnés.

Le bateau en tremblait : le musicien, au comble de l'enthousiasme, accompagnait l'instrument d'une voix de stentor, ouvrant une large bouche dans laquelle son énorme chique faisait activement la navette, suivant les besoins de la vocalisation.

— « La Chaîne des Dames ! » « Balancez au milieu ! » criait-il entre-temps, comme un ménétrier qui *commande* la danse : « La Queue du » Chat ! » « Balancez ! » « Lâchez tout ! »

Et le galop effréné de tourbillonner ! les pieds de voltiger ! le bateau de trembler !

— Ah ! mais !... avez-vous bientôt fini ? s'écria de nouveau le pilote qui n'était autre que Hugh Overton.

— Oh ! calmez les mots ! faites donc une épissure à votre vieille langue ! hurla un des danseurs avec un gros rire ; vous êtes gai comme un cor aux pieds, vous ! — Je le déclare, enfants, Hugh Overton ressemble comme deux gouttes d'eau, à ce roi qui voulait jeter son fils à la mer pour lui faire chercher sa sœur noyée depuis un an et un jour.

— Quelle histoire est-ce ça ? Dis-nous la, Sam, cria la troupe.

— Silence ! j'ai fini : ça me serre le gosier un homme qui ne rit jamais.

Overton se détourna de mauvaise humeur et continua d'observer le courant de la rivière.

— Enfin ! Hugh, qu'avez-vous à dire contre notre danse ? demanda mielleusement un autre matelot.

— Je n'en veux pas ! voilà !

— C'est dommage ! Nous nous contenterons de terminer par une simple petite gigue ajouta le joyeux drille en retournant à ses compagnons.

Mais, à l'instant même, l'attention des matelots fut attirée par un objet flottant sur l'eau et paraissant s'approcher du bateau.

— Holà, Tom ! qu'est-ce que nous voyons là-bas, qui monte et descend sur le flot...? ça me parait drôle ! dit l'un d'entre eux.

Chacun regarda curieusement, sans pouvoir définir ce qu'il voyait.

— Que je ne tue jamais plus, même un chat sauvage ! répliqua Tom, si je ne distingue pas la main d'un homme. Oui bien ! voilà une vague qui a tourné de notre côté quelque chose comme une figure. C'est quelque forestier qui aura fait le plongeon.

Le pilote, dont l'attention avait été attirée par toutes ces exclamations, gouverna de manière à aborder l'objet flottant. Chaque matelot saisit un de ces longs avirons armés d'une pointe et d'un croc en fer, se plaça sur le bord du bateau, et guetta le moment où il pourrait harponner le cadavre.

Mais un remous violent, produit par la marche même du bateau, repoussa tout ce qui l'entourait, et éloigna le corps en le submergeant à moitié.

— Bon ! fit malicieusement un homme de l'équipage, le voilà qui a peur de Hugh Overton, à moins que ce soit Hugh qui ait peur de lui.

— Le fait est que tous deux se séparent l'un de l'autre, répondit une voix.

— Je parie une vieille pipe contre ma chique, reprit le premier, que cette tête est celle de Bill le scieur de long.

— C'est égal, observa un troisième, le bateau ne reconnaît pas la main du maître : Si Ned était avec nous, ce gibier là serait déjà harponné. Hugh court des bordées comme un vieux charpentier gonflé de whiskey.

— Que diable peut-il faire, cet animal sauvage de Ned ?

— Remarque bien mes paroles, Jim ; nous ne

le reverrons pas avant la pointe du jour ; pour courir la nuit, il est comme les chats.

— Mais enfin, que fait-il, à cette heure ?

— Demande-le à Hugh ; malgré son air sournois, il sait tout.

— J'aimerais mieux questionner cette tête là-bas... Décidément je parie que c'est celle de Bill le scieur.

— Ne crie donc pas ce nom là si fort, Hugh t'entendra et ce sera sa désolation, car il y a un mois qu'il attend Bill pour vider une gageure qu'ils ont faite ensemble.

— Laquelle donc ?

— Ils ont parié trois dollars que Bill, consciencieusement rempli avec un entonnoir, contiendrait dix gallons de vin de plus que le vieux Hugh.

— Ah ! il est certain que s'il a déjà bu trop d'eau, Bill ne pourra plus tenir le pari.

— Oh ! ce n'est pas ce qui désolerait Hugh,

car alors il se considérerait comme ayant gagné.

— Eh bien! alors?

— Alors...! il serait obligé de boire tout seul;
chose triste pour un vrai buveur. Ensuite...

— Ensuite..?

— Eh donc! qui le paierait si son partenaire
est coulé à fond?

— Ah! ah! ah! farceur! c'est vrai : il aura
joué à « *qui gagne perd.* »

L'intéressante conversation cessa tout-à-coup,
la tête flottante venait d'être amenée près du bateau par un courant oblique; trois harpons s'a-
battirent à la fois sur elle; le cadavre fut lestement hissé à bord.

A peine fut-il retombé sur le pont qu'un cri
d'horreur et de rage s'échappa de toutes les poi-
trines.

Ce cadavre était celui d'Édouard Overton!

Au milieu des transports de fureur, l'équipage

vira de bord ; et, malgré le courant contraire, le
bateau, lancé comme une flèche par vingt ra-
meurs frénétiques, remonta le fleuve dans la direction d'Adrianopolis.

CHAPITRE VIII

LES ASSISES D'ADRIANOPOLIS

Le petit village d'Adrianopolis, à l'époque où se passait cette histoire, n'annonçait guère qu'un jour il serait une puissante ville ornée de riches monuments, de vastes rues, de squares splendides.

Deux rangées de maisons, ou pour mieux dire de cabanes séparées par une voie, boueuse en hiver, poudreuse en été, qu'on décorait du nom fallacieux de *Grande-rue* et la *Block-house*, formaient la totalité du hameau.

La population se couchait avec le soleil, et par

conséquent se trouvait au lit, lorsqu'on apporta le cadavre d'Edouard Overton.

Mais la curiosité a le don de rendre ses adeptes translucides comme des cataleptiques ; le cortége funèbre était à peine arrivé que tout le monde était sur pied. Un observateur aurait trouvé à faire de piquantes études sur les divers costumes nocturnes dont l'exhibition fut faite à cette occasion : il suffira de dire que le village entier se leva comme un seul homme pour voir et revoir, parler et reparler encore à perte d'haleine.

Ned Overton était détesté durant sa vie ; une fois mort, on se sentit disposé à l'adorer; on l'accabla de regrets, presque d'éloges : quelques uns faillirent pleurer.

En attendant, les commentaires allaient leur train : il se dépensait énormément d'hypothèses absurdes, d'insinuations impossibles, de confidences inouïes. Le courant de l'opinion populaire

ne tarda pas à prendre une direction très-for-
melle ; naturellement les plus sots discours
furent les mieux accueillis.

— Oh ! il ne peut y avoir le moindre doute,
disait un gros homme bouffi, important et lourd,
à un petit interlocuteur, maigre, jaune, au nez
tranchant, et tout de noir habillé ; il n'y a aucun
doute, M. Férule. Dodge le colporteur l'a rencontré en pleine chasse, aux trousses du pauvre Ned,
il y a quelques heures de cela, juste à la chute du
jour. Il ne reste pas le moindre doute dans mon
esprit.

— Je ne dis pas que j'ai rencontré Overton,
moi. Voilà tout ce que je dis : je ne l'ai point
rencontré, répliquait le colporteur dans la
foule.

En même temps, le brave garçon se mordait la
langue d'avoir déjà trop parlé ; il aurait donné
un de ses doigts pour retirer ses discours témé-
raires, mais il était trop tard.

8.

— Vous ne m'étonnez pas, Nathan, riposta le gros homme intraitable, en grimaçant un sourire féroce, deux *Frères Yankees* se soutiennent toujours. Pour ma part, je préfère votre première histoire.

— *Il* a été absent toute la journée, glapit le petit homme noir.

— Je lui ai remis à neuf ses pistolets, samedi, cria le maréchal ferrant du village.

— Et il a reçu des lettres fort suspectes ! dit le seigneur maître de poste.

— Il a acheté, pas plus tard qu'avant-hier, un couteau-poignard long comme ça, dit à son tour l'épicier en mesurant son avant-bras parfumé à la muscade.

Une fois lancée sur ce terrain, la conversation ne pouvait tarir, les soupçons allèrent toujours croissant ; Dudley fut, sans désemparer, décrété d'accusation.

Ainsi est fait le cœur humain : Dudley n'avait

pas d'ennemis dans la plupart des discoureurs qui concluaient contre lui. Mais cette tourbe de sots courait à la remorque des propos mis en l'air; chacun aspirait l'avis de son voisin avec avidité, puis allait le colporter dans un autre groupe avec grossissement et amplification.

Qu'un homme ferme et sensé fût venu proclamer avec autorité l'innocence de Charles, la foule aurait canonisé ce dernier et l'aurait cherché partout pour le porter en triomphe !

Dès le début, Dodge avait cherché vainement à lutter contre le courant, il n'y avait gagné que des rebuffades ; partout on lui jetait au nez son propre récit. Découragé enfin, il alla se fourrer dans un coin, faisant la sourde oreille et recherchant en lui-même ce qu'il pourrait bien faire pour aider Dudley à sortir de ce mauvais pas où il l'avait jeté sans le vouloir.

Vint un moment où, las de parlementer, les *curieux* songèrent à transporter le cadavre dans une

pièce voisine, pour faire les préparatifs de ses fu-
nérailles.

Dans cette opération, tomba sous la table un
fragment de cuir, étranger à son vêtement, que
le mort semblait avoir arraché au costume de
son adversaire. Personne ne prit garde à la chute
de cet objet, si ce n'est le colporteur, qui songea
aussitôt à s'emparer de cette *pièce à convic-
tion*.

Se levant aussitôt avec une nonchalance féline,
il circula pendant quelques secondes autour du
groupe qui manipulait le cadavre, se baissa sans
affectation, mit la main sur le fragment convoité,
le fit disparaître dans sa poche, et s'en alla d'un
pied léger.

Il croyait tenir dans sa veste une portion importante du sort de Dudley, et se félicitait d'avoir
été si vigilant et si adroit.

Pendant les discussions et les suppositions de
l'assemblée délibérante, une autre petite troupe,

parlant beaucoup moins, faisant peu de bruit, mais bien autrement dangereuse, faisait ses plans dans une autre chambre.

De ce nombre étaient Hugh Overton, un jeune légiste fraîchement installé dans le pays, et deux ou trois mécréants, amis du défunt.

Après avoir examiné avec soin quelles recherches pouvaient être utiles pour arriver à la découverte du meurtrier, ils furent tous d'avis de se rendre, le lendemain, sur les bords de la rivière, pour scruter minutieusement la forêt et recueillir, s'il était possible, quelques vestiges accusateurs.

Il y a dans la vie d'étranges coïncidences et des pressentiments plus étranges encore, qui groupent ensemble tristesse et malheur, inquiétude et péril : l'âme, cette mystérieuse captive que nous tenons renfermée dans sa prison d'argile, sans bien la connaître,... l'âme s'impres-

sionne et gémit, alors que le corps, paresseux et
lourd, ne sait encore rien de ce qui doit lui arriver. Au travers des brumes de l'avenir, l'âme en-
trevoit, comme des clartés fugitives, certains indices auxquels elle reconnaît ce qui sera, et alors
elle s'afflige ou se réjouit en vertu de cette vague
prescience. Toujours en arrière de sa compagne
immortelle, le corps ne sait rien, il se traîne
terre à terre, obéissant parfois, inintelligent
presque toujours.

Un phénomène semblable se produisit chez
Charles Dudley lorsque, réveillé de bonne heure,
il se mit en route pour le Cottage. Triste et rê-
veur, il parcourut le sentier bien connu et bien
cher qui conduisait au petit Éden où était pour
lui le bonheur. Ses pensées sombres étaient en
harmonie avec le temps : pendant la nuit, le vent
avait sauté au Nord-Ouest, et il amoncelait sur
l'horizon d'épais nuages qui rampaient, sinistres,
les uns sur les autres, noircissant le ciel, mena-

çant la terre. Sous l'âpre haleine des rafales, les feuilles arrachées voletaient en l'air comme des oiseaux malades, puis retombaient en pluie jaune ou rougeâtre, et s'abattaient sur le sol avec un bruissement sec et désolé. On eût dit le frisson de la terre à l'approche des mauvais jours. Elle aussi, semblait animée de tristes pressentiments. De grands oiseaux voyageurs glissaient dans l'atmosphère grise, tantôt silencieux, tantôt jetant un cri lugubre et bref, auquel les volatiles captifs des habitations répondaient par une clameur inquiète ou un lourd battement d'ailes.

Peu d'instants après l'arrivée de Charles, on se mit à table pour déjeûner. Le vieux Sedley, toujours hagard et muet, promenait au hasard ses yeux vitreux et mangeait à peine ; son visage pâle et défait attestait les angoisses d'une nuit entière passée dans l'insomnie.

Lucy était un peu revenue des horribles émotions de la veille ; mais, toujours abattue et languissante, elle ne retrouvait un faible sourire que lorsque ses yeux rencontraient ceux de son fiancé.

Au milieu de la conversation brève et entre-coupée de longs silences, Dudley n'eut pas de peine à revenir au sujet qui l'intéressait uniquement: il pressa Lucy de hâter leur union. Sedley sortit aussitôt de son silence pour appuyer les instances du jeune homme.

— Oui, chère enfant, dit-il, je désire avec anxiété de te voir un protecteur, un ami, pour le cas où ton vieil oncle viendrait à te manquer. Nous ne pouvons prévoir ce que le ciel nous réserve, il faut se préparer à tout événement.

Les doux yeux bleus de Lucy se mouillèrent de larmes aux paroles du vieillard ; mais, ne voulant pas opposer de plus longs refus, elle tendit sa petite main à Dudley, en lui disant :

— Vous savez, Charles, pourquoi j'hésitais ; vous connaissez mes craintes ; vous connaissez toutes mes pensées. Mais puisque vous persistez à vouloir unir votre sort au mien, voici ma main; ordonnez le mariage quand il vous plaira.

Il n'est pas besoin de dire l'ardeur avec laquelle lés Dudley baisa cette jolie main et la serra dans les siennes. Sans perdre une minute, il voulut que Caton partît à grande vitesse pour aller chercher le missionnaire,

Le noir messager accomplit sa mission avec une promptitude dont il n'avait jamais fait preuve jusqu'alors : l'ecclésiastique revint avec lui, et le mariage fut célébré selon le rite presbytérien auquel appartenaient les deux époux.

La cérémonie était à peine terminée, et le missionnaire était encore à genoux, achevant les prières d'usage, lorsqu'un bruit de cavalcade se fit entendre au dehors.

Au même instant cinq ou six personnes, Hugh Overton en tête, firent irruption dans l'appartement. Un nuage d'angoisse avait passé sur les

9

yeux de Sedley au premier retentissement des pieds des chevaux ; quand il vit entrer les officiers de police, il se cacha la tête dans les mains avec un terrible battement de cœur.

— Vous êtes notre prisonnier, s'écrièrent rudement plusieurs voix.

Le vieillard se leva convulsivement... mais c'était Dudley qu'on arrêtait.

A ce moment, la paisible demeure fut dans un état de confusion indescriptible : Lucy, étouffant un cri de terreur, était retombée demi-évanouie sur une chaise : son oncle, pâle et froid comme une statue de la Peur, se soutenait à peine sur ses genoux tremblants, et promenait ses yeux égarés, de Charles aux officiers de police, sans pouvoir dire un seul mot.

Caton avait passé du noir au vert, et s'était caché sous une natte ; ainsi blotti dans l'ombre, on l'aurait pris pour une salamandre monstrueuse à face humaine.

Le missionnaire stupéfié, murmurait machina-
lement des prières auxquelles, assurément, il ne
pouvait accorder qu'une minime attention.

Dudley, malgré sa vive émotion, fut le premier à reprendre son sang-froid. Après s'être
informé de l'accusation qu'on portait contre lui,
il murmura en souriant quelques mots de con-
solation à Lucy ; puis, d'une voix basse, mais
expressive, il affirma à Sedley *que tout irait
bien* ; ensuite il donna lui-même le signal du
départ pour Adrianopolis.

Sedley était resté muet, stupéfié, chancelant
comme un homme ivre ; il n'avait pu dire un
seul mot.

L'administration judiciaire, dans les régions
demi-civilisés de l'Amérique, n'était pas, à l'é-
poque de cette histoire, aussi perfectionnée qu'elle
l'est de nos jours. On ne pourrait assurer qu'elle fut
beaucoup plus équitable ou moins digne que celle
dont s'enorgueillit notre siècle de perfectibilité :

ce qu'il y a de certain, c'est que ses formes étaient beaucoup plus naïves.

Précisément une cour de justice fût tenue à Adrianopolis, peu de jours après le meurtre d'O-verton ; la cause fut jugée dans toute sa primeur. L'Attorney, (avocat du Gouvernement), était un petit homme bref, aux regards terribles, âgé d'environ trente ans, chauve sur le sommet de la tête, mais déguisant cette imperfection à l'aide des cheveux circonvoisins : Il les tenait peignés si raides, si droits et poignardant le ciel, qu'on eût dit une crête circulaire ; les soubassements de son fier visage étaient rehaussés par d'interminables cols très empesés et non moins rigides que ses cheveux.

Ses yeux inquiets semblaient toujours en chasse de quelque proie. Sa personne entière était un point d'interrogation.

On le tenait au village pour un puits de science; sa pénétration jouissait d'une renommée chimérique. Il prenait soin d'entretenir sa réputation prodigieuse par des propos familiers sur les grands hommes, qu'il disait de sa connaissance intime.

Comme M. Perkins, il aimait les grands mots creux, incompréhensibles, stupéfiants. sa conversation était un abus du genre hyperboliquement noble.

On ne saurait dire avec quelle majesté nuageuse il trônait sur son siége, retranché derrière une barrière de livres, lançant à travers ces créneaux improvisés l'artillerie de son regard ou de sa parole.

Il fallait le voir, écrivant avec une rapidité phénoménale, — quelquefois il oubliait l'encre ; — passant soudain sa plume derrière l'oreille, pour feuilleter un volume ; puis reprenant sa gymnastique furibonde sur le papier qu'il émaillait d'i sans points, et de t sans barres.

Ce précieux ministre de Thémis répondait au doux nom de Scroggs.

Quand arriva le jour solennel du jugement, Adrianopolis tout entier chôma comme un jour de solennité. M. Perkins licencia son école, le tailleur quitta son établi, le cordonnier son échoppe. Il y eût queue aux portes de la chambre de justice, les plus avisés s'y étaient installés dès l'aurore, avec des vivres pour leurs quatre repas. Un huitième du village pût entrer ; le reste écouta au travers des fenêtres.

Dans l'enceinte réservée s'élevait l'arsenal de M. Scroggs : il s'y installa avec la dignité convenable. Vis-à-vis de lui était Perkins, incrusté sur sa chaise, dans une attitude d'attention profonde. Au milieu, et faisant face au public, était le bureau derière lequel apparaissaient la tête massive et les larges épaules du juge qui se balançait sur son fauteuil comme un ours dans sa cage. Cet apoplectique magistrat gonflait par intervalle ses joues cramoisies, soufflait comme un phoque et s'essuyait périodiquement le front avec un immense mouchoir parfumé au jus de tabac.

Dudley fut amené pour assister, suivant la loi, au choix préparatoire des jurés. Aucune altération n'apparaissait dans sa noble contenance ; seulement il était un peu plus pâle que d'ordinaire. Du reste, sa physionomie assurée n'exprimait aucune crainte, aucune émotion.

Quand il entra, un murmure sourd parcourut l'assemblée, les confidences se chuchotèrent avec ardeur.

— Il n'a pas l'air troublé, du tout ; observa le forgeron ; à le voir, on croirait que tout ça ne le concerne point.

— Oh ! c'est l'habitude qui le rend ainsi ; murmura le timide tailleur en se mouchant pour échapper aux regards.

— Il est jeune, mais hardi !

— Ce n'est pas son coup d'essai, dit le cordonnier qui paraissait avoir une antipathie spéciale contre le jeune homme.

Nathan Dodge était à côté de lui ; il entendit son observation désobligeante et le regarda de travers.

Pour vexer l'Yankee, le disciple de saint Crépin répéta sa phrase, mais il eût lieu de s'en repentir. La dernière syllabe n'était pas sortie de sa bouche, que la main osseuse du colporteur s'abattait sur ses yeux, et leur faisait voir plus d'étoiles qu'Herschell n'en découvrit jamais.

L'infortuné « M. Pique-bottes, » en revenant à lui, se contenta de fourrer les mains dans ses poches, en étouffant un juron : à partir de ce moment, il manifesta le plus grand respect au redoutable Dodge.

Le triage des jurés fut une opération longue et ennuyeuse ; parmi eux furent appelés le cordonnier et le tailleur : ce dernier perdit la faculté de respirer quand il fallut monter sur l'estrade, et se moucha d'une main tremblante.

Enfin, tout étant fait et parfait, on appela le premier témoin : c'était Nathan Dodge.

M. Scroggs, dardant sur lui un regard expressif et surnaturel, lui dit gravement :

— M. Dodge vous êtes appelé à dire la vérité, toute la vérité, rien que la vérité ! Je vous adjure, au nom de la justice, de bien rappeler vos souvenirs et de les exprimer tels qu'ils sont ; parlez sans intention favorable ou hostile au prisonnier ; dites ce que vous savez ; rien de plus ! rien de moins ! — Et soyez bref.

— Fort bien ! commença le loquace colporteur en lançant un jet de salive noirâtre juste dans la poche du cordonnier qui siégeait à côté de lui : — pour couper court, voilà l'affaire. Le soir en question, je rencontrai Overton, à cheval. marchant dans la directiondu Bois-Noir.

— Pas si vite ! attendez donc que je formule la

9.

demande et la réponse, interrompit Scroggs en écrivant ; — Allez ! ajouta-t-il au bout de quelques instants.

— Bien !... Je disais donc que je rencontrai le Mangeur de Poudre. Moi et lui nous n'étions pas en très bons termes depuis une petite escarmouche que nous avions eue l'autre jour dans les bois ; nous ne nous sommes pas parlé. Or, voici comment était venue cette escarmouche : Ned Overton avait tiré sur un daim et l'avait manqué.

— Passons là-dessus ! ne nous occupons que des circonstances relatives à la présente affaire, *s'il vous plaît*.

— Moi et Ned, n'étant pas en très-bons termes, nous ne nous sommes point arrêtés pour parler. Le fait est qu'il entra brusquement dans le bois ; mais bientôt après il en ressortit assez proche de moi pour que je le visse bien : il faisait grand clair de lune, je l'ai distingué parfaitement.

— Vous pouvez jurer que c'était bien Édouard Overton, et non un autre ?

— J'en donnerais ma tête à couper.

— Alors, vous êtes formel sur ce point ? observa M. Scroggs, tenant le colporteur en arrêt au bout d'un long regard inquisiteur. — Continuez, s'il vous plait, a'outa-t-il au bout d'un moment.

— Il allait au grand galop ; et l'homme qui le suivait, marchait aussi au grand galop.

— Quel était cet homme ?

— Celui qui suivait?

— Oui.

Dodge promena ses regards autour de lui pour gagner du temps ; mais, réfléchissant qu'il ne ferait pas bon tergiverser, il dit :

— C'était le prisonnier présent à la barre, Charles Dudley.

A cet instant, le cordonnier crut devoir pleurer copieusement et se frotter les yeux. Par malheur, il usa du coin de son mouchoir sur lequel Dodge

avait lancé le jus de nicotine extrait de sa chique.
Cette substance lui arracha de nouveaux pleurs
tout-à-fait involontaires.

— Avez-vous encore quelque chose à dire,
M. Dodge? demanda Scroggs, la plume en ex-
pectative.

— Oui! et du bon, encore!

— Veuillez parler.

— En premier lieu, je suis certain que Charles
Dudley n'a pas tué Ned Overton.

— Comment établissez-vous cela?

— Comment..... j'établis cela?..... répéta le
colporteur embarrassé par cette question; je
l'établis.... parce que *je sais* qu'il ne l'a pas
tué, et qu'il n'est pas coupable d'un tel méfait.

— Nous voulons bien être indulgents pour votre
trouble, vos contradictions, vos assertions témé-
raires. Retirez vous si vous n'avez rien de mieux
à dire.

— Rien de mieux !.. rien de mieux ?.. gronda le

colporteur ; par le diable ! Charles Dudley aurait tué Overton, qu'il aurait bien fait! le traître lui enlevait sa fiancée; j'en aurais fait autant !

— Je sais bien ce que je vais faire, moi ! cria Scroggs avec un regard orageux.

— Qui d'entre vous n'agirait pas ainsi pour sa promise? hurla Dodge en promenant ses yeux sur la salle.

— Plaise à Votre Honneur, faire arrêter ce drôle! riposta Scroggs avec rage, en se tournant vers le juge.

Ce dernier, sortant avec peine de son immobilité, renversa la tête en arrière, clignota les yeux et dit avec effort :

— Arrêtez !

— Eh ! je vous dis que chacun en ferait autant, si...

— ARRÊTEZ !

— Je m'arrêterai quand j'aurai fini, et pas avant! répliqua Dodge furieux à son tour : Malédiction ! vous ne m'avez pas inquiété quand je parlais *à votre idée*, à présent je vous défends de m'ennuyer lorsque je parle *pour la vérité* !

— Par le tonnerre ! s'écria le juge, bondissant sur ses pieds et saisissant un énorme encrier de marbre plein de la noire liqueur; par le tonnerre! si tu ne retiens pas ta langue, je te brise le crâne?

— Essayez un peu ! et je vous poche les deux yeux, je les fais sortir de votre grosse tête ! riposta le colporteur en serrant les poings.

Le juge ne se possédant plus, saisit d'une main tremblante le massif encrier; mais, dans sa fureur, il le renversa et en répandit le contenu sur le cou de l'infortuné Scroggs.

— Ah! juge! Votre Honneur! ne voyez vous donc pas ce que vous faites? cria l'Attorney en se débattant sous la table où ses pieds étaient emprisonnés.

Le juge voulut replacer le projectile sur la table, mais ne réussit qu'à inonder complètement son collègue d'une boue fétide et noire. Ce dernier, par un effort désespéré, réussit à se dégager et s'éloigna convulsivement.

L'aspect de ce désastre ne fit qu'accroître l'irritation du juge, et le décida à foudroyer de son encrier le rebelle impertinent. Le cordonnier, au début de la querelle, s'était retiré prudemment dans un coin de la salle, hors de portée des rudes mains du colporteur. Quand il vit le juge prêt à lancer son projectile, ravi de trouver un vengeur, il l'excita du geste et de la voix :

— Ferme, là ! mon juge ! courage ! mon juge ! lui cria-t-il ; donnez une leçon à cet effronté colporteur !

L'encrier vola en l'air ; mais le juge, mauvais tireur, le dirigea si maladroitement qu'il manqua Dodge, et, rebondissant sur le sol, alla rudement caresser les tibias du cordonnier.

Outré de son insuccès, le juge promena frénétiquement ses mains sur la table pour y chercher un nouveau projectile ; enfin, ne trouvant rien, il abattit ses doigts crispés sur la tête ébourriffée d'un marmot qui se trouvait à sa portée et le jeta au hasard dans l'auditoire.

Ce fut alors un concert de vociférations qui ne s'arrêta que lorsqu'on vit l'irritable magistrat retomber épuisé sur son siége.

Cette ridicule aventure avait remis Dodge de bonne humeur ; il se déclara disposé à compléter sa déposition par des révélations importantes. M. Scroggs l'arrêta court en objectant que toutes ses paroles seraient de pures suppositions, et qu'en deux mots l'affaire était réglée sur ce point, puisque Dudley lui-même avouait s'être lancé à la poursuite d'Overton.

D'autres circonstances vinrent aggraver les charges pesant sur Dudley. Hugh Overton et ses camarades avaient fait des recherches dans le bois : sur la lisière, ils avaient trouvé des empreintes de pieds de cheval qui les avaient conduits jusqu'au théâtre de la lutte mortelle, où apparaissaient encore des traces de sang et des égratignures produites sur le sol par le trépignement des deux adversaires.

Près de là fut trouvé un fer de cheval que le maréchal-ferrant reconnut pour avoir appartenu à celui de Dudley : enfin, le cheval lui-même ayant été examiné, il fut constaté qu'il était déferré d'un pied.

Mais ce qui mit le comble aux charges accablantes pour le pauvre prisonnier, fut la découverte de son chapeau dans un fourré voisin où le vent l'avait emporté.

En un mot, l'évidence des faits devint telle que Dudley lui-même en fût effrayé, et se demanda si par hasard il ne serait point le vrai coupable. Néanmoins, il conserva son attitude noble et fière et se renferma dans un dédaigneux silence.

Le généreux jeune homme se sacrifiait pour le vieux Sedley. D'ailleurs, en songeant aux méchantes dispositions du village à son égard, il se dit que toute tentative de défense, allât-elle jusqu'à accuser le vieillard, n'aboutirait qu'à les perdre tous deux en les faisant considérer comme des complices.

Il se tint donc dans une abstention complète ; déclara qu'il n'avait pas de témoins à invoquer, pas d'observations à faire, et qu'il s'en remettait à la justice des hommes.

En entendant ces simples et dignes paroles, les douze jurés tremblèrent, écrasés par cette responsabilité terrible à laquelle il n'avaient pas même songé.

Mais M. Scroggs était là, heureusement ! son réquisitoire flamboyant était prêt — toujours le même depuis dix ans, sauf quelques variantes pour chaque affaire ; — son œil incisif pétillait ; ses lèvres savantes contenaient mal le fleuve débordant de son éloquence.

Nous ferons grâce au lecteur de ce pathos

aussi ridicule et inintelligible que vulgaire et
et dénué de sens. Lorsque le petit orateur eût
fini de s'égosiller en voix de fausset, et qu'il se
fût rassis dans la splendeur de son triomphe, la
parole fut offerte à Dudley qui la refusa.

Alors le juge se leva pour parler à son tour : il
est intéressant de citer sa harangue qui fut sinon
éloquente, du moins brève et nette.

— Messieurs du jury, dit-il; après le pompeux,
magnifique et irrésistible discours du savant
M. Scroggs, il ne reste rien à dire. Donc, si vous
croyez le prisonnier innocent (mais vous ne le croirez pas), acquittez-le ! qu'il parte, libre comme
un lion cherchant une nouvelle proie. Si vous
le jugez coupable (ce que vous ne manquerez pas
de faire) rendez la sentence et rapportez-vous en
à moi pour l'application de la peine. Je m'en
charge !

Et il se rassit, faisant craquer son fauteuil.

Aussitôt les jurés entrèrent en délibération.

Après quelques chuchottements, leur chef se leva.

— Avez-vous décidé le verdict? demanda le juge.

— Oui.

— Déclarez-vous le prisonnier coupable ou innocent?

— COUPABLE.

— Fort bien! Charles Dudley, tenez-vous debout pour écouter le prononcé de la sentence.

— Vous serez pendu par le cou jusqu'à ce que mort s'en suive, dans trois semaines à partir d'aujourd'hui. On va vous reconduire en prison.

Tout cela fut si vite expédié qu'il sembla à Dudley avoir assisté à la représentation d'une comédie; il ne pût prendre au sérieux sa condamnation à mort.

Cependant il fit un désagréable retour à la réalité, lorsqu'on le renferma dans sa prison, c'est-à-dire dans le fort ou block-house.

Le plan d'Adrianopolis comprenait bien une geôle et un pénitentiaire ; mais ces deux utiles édifices étaient restés en projet. La block-house était donc la seule prison dont on put disposer sans en altérer la destination: elle ne servait à rien, et ses portes n'avaient pas été ouvertes depuis trois ans, époque à laquelle, en prévision d'une invasion indienne, on l'avait approvisionnée de poudre et d'ustensiles de guerre.

Quand on emmena Dudley, il passa près de Nathan Dodge et échangea avec lui un regard accompagné d'un sourire étrange.

Au même instant, quelqu'un frappa sur l'épaule du colporteur; c'était Caton, le noir de M. Sedley qui avait suivi avec une attention palpitante toutes les phases du débat.

— Massa Dodge, dit-il, est-ce vrai qu'ils ont décidé de le faire pendre ?

— Pendre, qui?

— Massa Dudley ?

— C'est ce qu'ils disent.

— Et quand ça?

— Dans trois semaines, *disent-ils*! répliqua Dodge en appuyant avec une emphase ironique sur les deux derniers mots.

— Trois-se-mai-nes! reprit le nègre se parlant à lui-même; c'est un temps considérable, n'est-ce pas?

— Cela dépend.... pourquoi demandes-tu ça, Boule-de-neige?

— Oh! pour rien! pour rien! répondit Caton d'un air discret.

— Fais attention de ne pas dire à miss Lucy qu'ils l'ont condamné à être pendu.

— Pourquoi?

— Pour ne pas la tourmenter si longtemps d'avance. Souviens-toi!

— Oui.

— Bon! Eh! donc, qui va là?... Ah! pardon, Pique-bottes.

Ce dernier venait de recevoir en plein visage un jet sorti des lèvres de Dodge et fortement aromatisé de tabac.

Il s'éloigna sans mot dire, s'essuyant modestement.

— Ça lui apprendra à écouter par derrière, le vil espion, dit en riant le colporteur. — Hé ! Caton.

— Quoi ?

— Massa Dudley n'être pas encore pendu; moi, pas dire plus ! fit Dodge en contrefaisant le nègre.

Tous deux se séparèrent en riant.

Ainsi furent closes les grandes assises d'Adrianopolis.

CHAPITRE IX

CATON EN CAMPAGNE

Les heures s'étaient écoulées tristes et sombres pour la pauvre Lucy. Seule, dans cette maison nuptiale transformée en maison de deuil, elle avait erré d'une fenêtre à l'autre, échangeant avec son vieil oncle quelques paroles brèves et désolées ; contemplant mélancoliquement les noirs nuages qui se traînaient en pleurant sur les bois ; songeant à son cher Dudley dont le sort mystérieux excitait toutes ses craintes.

La nuit vint, plus triste encore que le jour, et

10

avec elle une pluie diluvienne s'abattit sur la contrée.

La jeune épouse, épuisée par tant d'émotions terribles, se jeta sur sa couche solitaire pour y attendre la fin de ses longues insomnies. Au bout de quelques heures elle s'endormit enfin.

Sedley n'attendait que cet instant pour exécuter un projet qui le préoccupait vivement. Sans se préoccuper des torrents de pluie qui sillonnaient l'atmosphère, il recommanda à Caton d'avoir le plus grand soin de sa jeune maîtresse, et partit couvert d'un manteau sombre qui lui donnait l'air d'un fantôme.

Bientôt il arriva près de la block-house, en fit le tour avec les plus méticuleuses précautions, s'assurant que personne ne pouvait le voir ni l'entendre, et fit un signal destiné à éveiller l'attention du prisonnier.

Dudley lui répondit au travers d'une large fente existant entre les troncs d'arbres qui formaient les murailles ; puis une conversation fort active s'engagea entre eux.

Le vieillard fit connaître au jeune homme les détails de la mort du Mangeur de Poudre, et lui expliqua diverses autres circonstances qui se rattachaient à cet événement.

Leur entretien se prolongea fort avant dans la nuit et devint très-animé. Lorsque s'annoncèrent les premières lueurs de l'aurore, Sedley se retira discrètement comme il était venu ; mais sa démarche plus ferme et plus vive trahissait une émotion presque joyeuse.

Cinq jours s'écoulèrent ainsi : Sedley multipliait ses expéditions mystérieuses; au retour il causait longuement avec Lucy, et peu à peu la belle enfant reprenait ses fraîches couleurs, ranimait ses deux yeux bleus, souriait comme dans ses bons jours.

A la suite d'une de ces conférences, un soir, on appela le fidèle Caton. Bientôt il sortit de l'audience qu'on venait de lui accorder, le visage gonflé d'importance, les yeux clignotant avec une solennité inaccoutumée, l'air mystérieux à l'excès. Sous son bras, il dissimulait un paquet soigneusement confectionné.

Ouvrant la porte avec une silencieuse dextérité, il se glissa hors du jardin et prit au grand trot l'étroit sentier qui conduisait au village.

Tout en courant sur les pointes de ses pieds nus, il causait avec lui-même de la façon la plus bienveillante :

— Une importante affaire, que Caton a en main! disait-il ; je vois qu'on commence à apprécier son génie ! Mais... que pourrait-on faire sans lui?... Ah ! je ne sais point trop !

Il courut pendant quelques secondes en silence, riant toujours d'aise : décidément, sa mission lui était agréable au suprême degré.

— Seigneur ! Bon Dieu du ciel ! il était temps qu'on se fiât à Caton : tout allait mal ; à présent tout ira bien. — Hé! hé! qu'est-ce que je vois par là?

Une chauve souris venait de lui raser de si près le visage, qu'il recula effrayé.

— Seigneur! je pensais être suivi par quelqu'un. Qu'allons-nous devenir si les esprits se mettent à voler dans la nuit?..

Epouvanté, maître Caton fit quelques pas sur la pointe des pieds, écoutant et regardant autour de lui avec anxiété, pour saisir les moindres vestiges de l'apparition qu'il redoutait; enfin, rassuré par le silence profond de la forêt, il reprit son monologue :

— Bah! les esprits restent chez eux par de semblables nuits. Qui parle de peur, ici? Caton n'a jamais connu ce vil défaut. — Ah! aïe! Seigneur, bon Dieu! Je suis piqué par un serpent à sonnettes!

Le sentier qu'il suivait était effectivement redouté, à cause de la quantité de ces reptiles qui le fréquentaient.

10.

Le pauvre nègre saisit son pied à deux mains, et sautilla sur son autre jambe tout en continuant ses lamentations.

— Je suis mort! je suis tué! je ne reverrai plus Massa Dudley! c'est fini; il ne me reste plus qu'à me coucher pour attendre le grand sommeil. — Maudit serpent! va! ne pouvais-tu en piquer un autre! Te voilà bien avancé maintenant! Seigneur! je vous prie, recevez mon âme! Quel malheur de mourir ainsi! Damné reptile, feu et flamme sur toi! Mon pauvre pied, tout délicat, me semble lourd comme du plomb! Maudit serpent! à quoi ça te sert-il de m'avoir piqué? — Mon Dieu recevez mon âme.

Et, las d'aller à cloche pied, l'infortuné Caton se laissa rouler par terre en redoublant ses plaintes.

— Aussi, qu'allais-je faire dans ce sentier tout infesté de serpents? Eh! pourquoi m'attendaient-ils au passage? Le diable les emporte! Ah! si sa queue, plutôt que sa tête, s'était trouvée sous mon talon ! voilà que c'en est fait de Caton ! N'aurait-il pas mieux valu que je réussisse à sauver Massa Dudley ! Malédiction sur ce serpent traître ! Allons ! voici la mort qui vient.

Étendu sur le dos, tenant toujours son pied à deux mains, Caton attendit en silence l'arrivée de *l'ange sombre.* Mais, le sinistre faucheur se faisant attendre considérablement, Caton recommença ses doléances.

— Seigneur ! Et dire que cette jambe ne sera plus bonne à rien, pas même à faire les commissions de Miss Lucy ! ah ! coquin de reptile ! que n'a-t-il piqué quelque autre !

Tout en parlant ainsi, fatigué de tenir son pied dans ses deux mains, Caton l'avait lâché sans s'en apercevoir : un bruit furtif dans les broussailles l'ayant effrayé, il se leva d'un bond, et retomba sur ses deux pieds.

Son étonnement fut prodigieux.

— Seigneur ! Bon Dieu du ciel ! dit-il en se
tâtant ; quelle est donc la jambe piquée ? Seraient-
elles toutes deux malades ?

Il soumit toute sa personne à un minutieux examen, sans parvenir à retrouver la blessure mortelle.

— Mais, donc ! conclut-il, le serpent... ni l'une
ni l'autre.... ah ! c'est trop fort ! cherchons ce
reptile scélérat.

Ses recherches aboutirent à une branche
épineuse de ronces. Dès lors lors il fut fixé :

— Yah ! Yah ! Caton est un drôle de petit fou...
drôle-de-pe-tit-fou ! Chantonna-t-il en reprenant
sa course d'un pas accéléré.

Il y avait plus de deux milles à franchir pour
arriver à la block-house : Caton les dévora en
cinq minutes.

En approchant de l'édifice solitaire, il se mit à
ramper à la manière indienne, et ne se releva
qu'après avoir vérifié, en faisant le tour, l'absence complète de tout témoin suspect.

Alors il se dirigea résolument vers la porte, sortit de sa poche une énorme clef, l'introduisit fort adroitement dans la serrure, fit manœuvrer ce formidable engin, et tira de toutes ses forces. Le succès dépassa ses espérances, car la lourde porte s'ouvrit brusquement et il y eût une si rude rencontre entre elle et le crâne du nègre, que ce dernier en fut étourdi un moment.

Mais cette fois il se montra courageux ; après avoir caressé sa chevelure crépue, il entra lestement dans la forteresse et referma la porte sur lui.

Deux mots d'explication feront facilement comprendre comment une clef de la prison se trouvait au pouvoir de Caton.

La forteresse avait été bâtie à une époque où Sedley, avec deux ou trois familles d'émigrants, formait toute la population du village futur. Le vieux négociant, pour compléter le système de défense, fit venir de New - Orléans une serrure gigantesque et l'adapta à la robuste porte.

L'artiste, auteur de la serrure, l'avait munie de deux clefs qu'il avait envoyées avec elle. L'une de ces clefs avait été rangée précieusement par Sedley et complètement oubliée par lui ainsi que par tous ses concitoyens.

Il fallut la captivité de Dudley pour rappeler cette bienheureuse clef au souvenir du veillard : combien alors, il bénit l'oubli dans lequel il l'avait laissée ! l'évasion du cher prisonnier fut dès lors préparée avec tous les soins imaginables. En attendant, on communiquait avec lui, on le tenait au courant des résolutions prises, on recevait ses instructions.

Cette fois, la conférence fut longue : Caton ressortit d'un air affairé et ne fit qu'un saut jusqu'au cottage. Là, il y eût de nouveaux pourparlers entre lui, Sedley et Lucy.

Enfin, le vieillard et sa nièce allèrent se coucher ; Caton, seul, après avoir fait de mystérieux préparatifs, sortit de nouveau chargé d'un énorme paquet, et disparut dans la direction du fleuve. Toute la nuit, l'infatigable nègre fut sur pied, allant et venant, emportant à chaque voyage de volumineux colis qu'il prenait dans le cottage.

Le jour venu, Lucy se leva avec précipitation, réunit dans un coffre léger les menus objets servant à sa toilette, les tableaux de famille qui ornaient sa chambre, et les livres qui composaient sa petite bibliothèque.

Cet emballage fait, il ne restait plus rien dans la maison ; Caton avait déménagé pendant la nuit tout le mobilier que Sedley lui préparait au fur et à mesure.

Ensuite Lucy jeta un long regard sur cette petite chambre où elle avait passé son heureuse et tranquille enfance ; sur ce jardin qu'elle avait orné avec tant de soins ; cueillit quelques fleurs ; murmura une prière ; et, précédée par

Caton qui portait les bagages, elle s'enfonça résolument dans les profondeurs de la forêt.

Sedley était parti à cheval avant les premières lueurs de l'aurore.

CHAPITRE X

ÉMOTIONS

La nuit suivante, alors que tout dans la nature était silencieux comme dans une tombe, vers trois heures du matin, une ombre noire se glissa dans les broussailles entourant la Block-House.

Cette ombre n'était autre que maître Caton qui venait faire une dernière visite à Dudley.

Après avoir ouvert la porte avec précaution, il se trouva en face du jeune prisonnier qui, revêtu d'un costume complet de batelier, pistolets à la ceinture, hache au côté, un grand aviron sur

11

l'épaule, attendait le nègre avec une certaine impatience.

— Oh ! Massa Dudley ! comme vous êtes ressemblant ! s'écria le moricaud en apercevant le
jeune homme ; ah ! Miss Lucy est aussi habile
que le tailleur du village ; vous a-elle fait là de
beaux habits ! yah ! yah ! je crois voir Pad le
batelier.

— Plus bas, innocent ! et pas tant de paroles ;
tu vois bien que le temps presse. Dans une
heure il fera jour, et ce nigaud de Perkins qu'on
m'a donné pour geôlier, viendra visiter les lieux,
en m'apportant une affreuse pitance pour la
journée. Voyons, as-tu dans ta poche un briquet
en bon état et de l'amadou bien sec ?

— Oui, voilà, Massa Dudley.

— Bien ; et des mèches soufrées, en as-tu fait
de nouvelles ? celles que tu m'avais apportées
sont humides, elles ne brûleraient pas bien.

— Oh ! Massa Dudley ! quelle ma   aise tête a

Caton ! j'ai oublié...! faut-il que je coure en chercher ?

— Oui ! il ne manquerait plus que cela ! nous finirions par ne plus partir. Tant pis, je vais préparer mon artifice avec ce que nous avons ; arrivera ce qui pourra. En attendant, veille au grain, Boule noire !

— Oui, Massa Dudley : n'ayez pas peur, Caton est un rusé compère qui ne se laisse jamais surprendre.

Dudley rentra dans l'intérieur de la Block-House pour préparer ce qu'il appelait « son artifice. »

Il s'agissait tout simplement d'une belle et bonne mine qui devait correspondre avec la provision de poudre, et faire sauter la vénérable et inutile forteresse. La prison anéantie, personne ne s'aviserait de croire que le prisonnier lui aurait survécu ; l'évasion de Dudley obtenait un succès assuré.

Ce plan avait été imaginé un peu par toutes les parties intéressées ; Caton lui-même avait fait les frais d'une idée : il avait pensé à revêtir un mannequin en paille, des habits de Charles ; il avait bourré ce mannequin de quelques os préalablement calcinés. Le tout devait indubitablement brûler ou être déchiré par l'explosion, et passerait pour les restes lamentables du prisonnier.

L'opération de Dudley était assez longue à terminer, car il lui fallait réunir ensemble des mèches de diverses longueurs, les disposer dans plusieurs directions, défoncer quelques barils de poudre pour assurer l'explosion : toutes choses qu'il n'avait pû faire d'avance, soit dans la crainte des visites de son geôlier, soit parce que l'humidité aurait avarié la poudre.

Or, pour charmer les ennuis de l'attente, Caton imagina de s'asseoir tout doucement le dos appuyé contre la porte qui s'était refermée seule

Une fois installé, Caton se mit à repasser dans son esprit tous les dangers qu'il aurait pu courir si, la veille, il avait été réellement piqué par un serpent à sonnettes.

Ces réminiscences, à la fin, devinrent monotones, soporifiques, et le sommeil s'ensuivit.

Tout à coup le *vigilant* Caton fut réveillé en sursaut par une large main frappant sur son épaule : ses yeux effarés furent aveuglés par la clarté d'une lanterne ; au même instant, une grosse voix lui dit rudement :

— Qu'est-ce que tu fais là, Peau d'encre ? Tu as l'air d'un chien qui n'a pas su trouver la porte de sa niche.

— Je.... oui.... non.... Massa Perkins.... je venais rendre visite à Massa Dudley.

— Ah ! et tu faisais la conversation en dormant ?

— C'est que..., voyez-vous, Massa Perkins...., Massa Dudley n'a pas répondu quand je lui ai

dit bonjour; il dormait; alors, en attendant, j'ai
fait comme lui : répondit en bégayant le pauvre
Caton, qui tout en reprenant un peu de sang-
froid, ne savait plus à quel saint se vouer.

En effet, Charles, sans se douter de rien, pouvait arriver d'un instant à l'autre, et alors!.. tout
était perdu. En outre, au moment où le jeune
homme apparaîtrait, le feu serait aux mèches et
la mine sur le point d'éclater : comment fuir?...

Bien plus! cette porte ouverte !... la clef dans
la serrure !... Caton fut pris d'une sueur froide. Il
se leva comme un automate, s'appuyant toujours,
du dos, contre la porte, de façon à cacher la serrure. Aussitôt debout, il passa ses mains par derrière et les crispa sur la malheureuse clef ; mais
il sentit qu'elle résistait ; il comprit qu'elle ferait
du bruit en tournant, et il resta immobile, plus
mort que vif.

— Eh ! bien, Boule-de-neige, plus peureux
qu'un écureuil! reprit assez jovialement le ma-

jestueux Perkins ; vas-tu rester là comme un
Dieu Terme ? ou bien, comme Milon de Crotone,
as-tu les mains prises dans quelque fente
d'arbre ?

Caton ouvrit de grands yeux : des coups de
pied ou des soufflets lui auraient été plus familiers que des paroles aussi savantes.

— J'ai... Massa Perkins... jai... été piqué par
un serpent à sonnettes... le pauvre Caton est
perdu ! répondit-il d'une voix glapissante desti-
née à avertir Dudley et à couvrir le grincement
de la clef.

Mais Dudley ne donna pas signe de vie, et la
clef ne voulut pas bouger.

— Toi ?... piqué ?... Et, depuis quand ? fit le
maître d'école d'un ton un peu incrédule. Voyons
donc ça ! où es-tu blessé ? Je connais un fameux
remède, quand le mal est pris à temps : on sau-
poudre la plaie de poudre à canon et on y met le
feu. Tiens, justement ! nous avons le remède

sous la main, là dans la forteresse. Allons !
montre-moi ce mal ; ce doit être au pied.

Tout en parlant M. Perkins abaissa sa lanterne
vers le sol, pour examiner les jambes du nègre.

— Ne me touchez pas, Massa Perkins! hurla le
nègre en se livrant à des contorsions si bruyantes
qu'il parvint à arracher la clef ; oh ! aïe ! ne me
touchez pas ! Massa Perkins ! je souffre trop ! au
secours ! Massa Dudley ! ça fait trop mal ! ah ! je
suis mort ! pauvre Caton !

Et il se laissa rouler jusqu'auprès d'une touffe
de fougère où il cacha la clef.

Tout ce vacarme n'avait pas manqué d'arriver jusqu'à Dudley, et l'avait mis fort en peine,
car il n'en connaissait ni l'origine ni la gravité
réelle.

A tout hasard, il s'enveloppa de la couverture
en laine qui couvrait son lit, et s'avançant jusqu'à une certaine distance de la porte, il cria
d'une voix somnolente :

— Qui va là? Quelles violences commet-on donc ici? J'ai cru reconnaître la voix de Caton.

— Au secours! Massa Dudley! vociféra le nègre; c'est Massa Perkins qui veut mettre de la poudre sur l'endroit où le serpent à sonnettes m'a mordu.

— Eh! que diable a donc à crier cette bête noire? gronda Perkins irrité, je ne te touche pas, imbécile, et ne veux pas te toucher! Que tous les serpents du comté te piquent le gosier pour te réduire au silence!

Ce disant il mit sa clef dans la serrure. Dudley, plus mort que vif, et craignant que Perkins ne reconnut que la porte avait été ouverte, se hâta de dire avec volubilité pour détourner l'attention du geôlier:

— Monsieur! au nom du ciel! regardez bien le visage de ce pauvre homme! Vous savez, en pareil cas, une seconde vaut un siècle, et le blessé

11.

meurt s'il n'est soigné a temps. Regardez-le! mais
regardez-le donc ! Voyez si ses lèvres s'enflent:
les paupières aussi, monsieur ! elles subissent un
phénomène horrible quand le poison se répand
dans le sang; elles sont prises d'un clignotement
effréné, jusqu'à ce que la bouffissure les arrête.
Mais, si vous êtes un homme, examinez donc,
monsieur, cette créature humaine dont je vous
déclare l'assassin, si votre cruelle indifférence la
condamne à mort !

-- Ta! ta! ta! ta! quelle impétuosité, jeune
homme! quel feu! murmura Perkins influencé
et lâchant sa clef ; je vais voir çà pour l'acquit
de notre conscience... — Mais non ! ajouta-t-il
après s'être penché vers le nègre, mais non ! il n'y
a aucun symptôme. Il aura pris une piqûre d'é-
pine pour la morsure d'un reptile : allons, Peau
d'encre ! montre ton pied !... — Eh ! oui ! je le
disais, il s'est excorié l'épiderme sur un caillou
tranchant.

Pendant cet examen, Dudley s'était assuré que la porte était fermée.

Tout allait bien jusque-là ; mais Perkins, en entrant, allait découvrir tous les préparatifs!... les mèches soufrées couvraient le sol, un baril défoncé était en vue au milieu de sa chambre.

— Il faudra que je le tue ! se dit-il avec un frisson.

Et il arma un de ses pistolets quand il entendit Perkins replacer sa main sur la clef.

La porte s'ouvrit :

— Bonjour, M. Dudley, fit le maître d'école ; comme vous êtes pâle ! êtes-vous malade ?

— Oui, M. Perkins, j'ai fait toute la nuit des rêves épouvantables ; d'ailleurs, vous comprenez l'émotion qu'a dû me causer un semblable réveil.

— Oh ! oui ! j'en ai encore la chair de poule : il n'y a que les nègres pour pousser de pareils cris. Enfin, par bonheur, il n'y a rien de sérieux.

Je viens voir, vous savez, si tout est en ordre dans vos appartements, suivant l'habitude, et vous apporter votre déjeûner.

— Merci, M. Perkins ; mais, souffrant comme je suis, je vous saurais un gré infini de ne pas troubler longtemps mon repos.

— Parfaitement juste ! mon gentleman, parfaitement juste ! aussi, vais-je donner mon petit coup d'œil rapidement : ce sera fait en un tour de main.

Et Perkins fit un pas en avant.

Dudley serra la poignée de son pistolet en lui disant :

— Vous êtes matinal, aujourd'hui, M. Perkins.

— C'est qu'avec M. Hung, le maître de poste, Smith et quelques autres gentlemen, nous devons faire aujourd'hui une partie de chasse dans la forêt de Right-Road ; on y a vu ces jours-ci un daim énorme.

— Et mes provisions de bouche? interrompit Dudley; vous ne m'apportez donc rien?

— Ah ! grand fou que je suis ! j'oubliais mon panier que j'avais déposé contre un arbre. Attendez, je vais le chercher.

Perkins referma la serrure avec soin et courut à quelques pas : pendant ce temps Dudley barricada intérieurement la porte, de telle façon que, lorsque l'honnête et important pédagogue s'y présenta pour l'ouvrir de nouveau, la chose lui fut impossible.

Dudley s'était retiré jusque vers son lit, s'était enveloppé dans ses draps, et d'une voix souterraine répondit aux exclamations de son geôlier:

— Laissez-moi tranquille ! j'ai besoin de repos! votre maigre pitance ne me tente pas.

— Mais!.... mais !... mon devoir ! ma dignité ! mes fonctions! Il faut que je vérifie tous les jours votre état sanitaire et celui de la prison : je dois un rapport quotidien au comité.

— Allez au diable! mettez dans votre rapport ces deux seules phrases : « Prisonnier endormi ; prison humide et triste, très-bien close. » Cela suffira.

— Close... c'est vrai, et trop bien! grommela M. Perkins en secouant inutilement la porte. Prisonnier! vous faites rébellion!

— Oui !

— J'en rendrai compte !

— Oui !

— On vous mettra aux fers!

— Oui !

— C'est votre dernier mot?

— Allez au Diable! je ne répondrai plus.

— Il fait comme il dit, murmura le maître d'école après avoir épuisé tous les arguments. Bah ! il est mal disposé ; on peut bien passer une fantaisie à un homme qui sera pendu dans neuf jours. Il va jeûner aujourd'hui, cela lui inspirera pour demain des pensées plus soumises. J'ai fait ce que j'ai pu, ma conscience est tranquille ; je m'en vais. — Toi ! méchant moricaud ! file ton nœud ! et gare à toi si je te retrouve encore par ici.

Tout en parlant, le magister avait retiré sa clef, pris son panier, et s'était retourné avec majesté du côté du nègre.

Mais celui-ci avait disparu.

— Il a eu peur, l'esclave ! il a fui, comme un brouillard devant le soleil, répéta M. Perkins en s'éloignant. Ainsi sont confondus le méchant et ses amis.

Peut-être le sage maître d'école eut hésité à formuler cette opinion, s'il avait regardé en arrière.

Il aurait vu Caton sortant sa tête noire d'un buisson, et lui adressant en guise d'adieu toutes les grimaces dont il possédait un riche répertoire.

CHAPITRE XI

CATASTROPHE

Au moment où M. Perkins se retirait, la conscience tranquille, avec la satisfaction du devoir accompli, le vieux Sedley gravissait à cheval les dernières rampes qui s'élevaient du fleuve à la forêt entourant Adrianopolis.

Sa monture, effrayée par un serpent qui avait surgi sous ses pieds, fit un écart qui faillit désarçonner le cavalier. En voulant maîtriser l'animal, le vieux gentilhomme rompit une rêne et fut obligé de mettre pied à terre pour réparer cet accident.

Pendant qu'il se livrait à cette occupation, il entendit une sonnette mêlée au roulement d'une voiture, et aperçut Nathan Dodge, le colporteur, qui revenait d'une de ses tournées mercantiles.

— Eh ! qu'y a-t-il donc, voisin Sedley ? lui demanda-t-il en s'arrêtant près de lui. Je parierais qu'il y a quelque chose de cassé dans votre harnachement.

— Ah ! Nathan, répliqua le vieillard, vous êtes justement l'homme que j'aurais désiré rencontrer. Dites-moi donc ! n'auriez-vous rien pour raccommoder ma bride qui s'est rompue ? Je serai content, si elle peut me ramener jusqu'à la maison.

Le colporteur plongea la main dans une de ses vastes poches et la retira pleine de chiffons et de débris de toute espèce. Sedley put y choisir à l'aise, après quoi Dodge remit toutes ses loques dans leur gite. En même temps, ses yeux tou-

jours en activité tombèrent sur l'étrier du vieillard : il tressaillit et passa de l'autre côté du
cheval pour examiner l'autre étrier.

— Oh ! oh ! voilà qui est étrange ! marmotta-
t-il entre ses dents.

Et il revint à sa voiture pour prendre dans le
caisson le bout de courroie qu'il avait subtilement
ramassé près du cadavre d'Edouard Overton :
mais en se rapprochant de Sedley il cacha cet
objet sous un pan de sa veste.

Sedley était, du reste, trop occupé à l'arrangement de sa bride pour faire attention à lui.

— Dites donc, voisin Sedley, lui demanda-t-il ;
je parierais que vos étriers n'ont pas des courroies
appareillées. Celle de ce côté-ci n'a certainement
pas sa sœur.

— En effet, j'ai perdu l'autre dans les bois, il
y a longtemps, fit Sedley mécontent de cette question.

— C'est malheureux, car on ne trouve pas en

pleine forêt des lanières de cette qualité. Où
l'avez-vous perdue?

— A dix-huit ou ving milles en remontant la
rivière, ou même plus loin, balbutia le vieillard
embarrassé.

— Votre courroie est la sœur de celle-ci, dit le
colporteur en exhibant brusquement celle qu'il
tenait cachée sous son vêtement ; voyez comme
elles sont pareilles ; deux gouttes d'eau ne se res-
semblent pas davantage ; je parie tout ce que
vous voudrez que ce morceau figurait à votre selle
avant de venir en mes mains.

Parlant ainsi, Nathan enveloppait Sedley d'un
regard perçant et inquisiteur.

— Peuh ! Peuh ! je vous dis que ma courroie est
perdue depuis longtemps, répliqua le vieillard.

— Oui ! elle a été perdue ; mais on l'a retrouvée
en un lieu étrange, où on ne se serait guère
attendu à la voir. Elle était accrochée au pied du
cadavre de Ned Overton.

— Ah! laissez-moi voir çà! fit une troisième personne intervenue sans que son approche eût été remarquée.

Sedley et Nathan se retournèrent surpris; ils aperçurent le sombre visage de Hugh Overton qui se penchait avec une expression sinistre, pour regarder par dessus leurs épaules.

Il revenait d'une expédition de chasse, et portait des mocassins, chaussure indienne qui permet de marcher sans bruit.

Saisissant rudement le bout de courroie, il le compara avec l'étrier de Sedley; après un court examen qui le convainquit de leur parfaite ressemblance :

— Ah! assassin! s'écria-t-il en sautant à la gorge du vieillard; tu es le digne complice de cet infâme Dudley. Mais, vous ne mourrez tous les deux que de ma main!

Vainement Sedley se débattit; vainement le colporteur chercha à lui faire lâcher prise; le terrible forestier enleva sa proie et se mit en route, à grands pas, vers la Block-House.

Nathan le suivit de près, désireux de prévenir un nouveau crime, s'il était possible.

En arrivant à la forteresse, Hugh Overton garrotta Sedley à un poteau et se mit en devoir d'enfoncer la porte à grands coups de hache.

— Viens donc ! coquin d'étranger ! viens donc, Dudley l'assassin ! vociférait-il ; viens voir ton complice, et recevoir avec lui la récompense de tes crimes.

Un profond silence régnait dans la sombre demeure ; Dudley ne se montra pas.

— Il se cache, le lâche ! il se cache sous ses couvertures, et je serai obligé de le tuer dans son lit ! poursuivit Hugh Overton en redoublant ses assauts forcenés contre la porte. Oh ! je leur mangerai le cœur à tous deux !

En le voyant armé, et animé d'une telle

fureur, Natan Dodge avait pris la fuite et avait couru chercher du secours au village.

Bientôt l'énorme serrure, détachée de ses clous, vola en éclats; la porte s'ouvrit en tremblant sur ses gonds; Overton se rua dans l'intérieur, et courut au compartiment où était le lit du prisonnier.

Sedley eut un moment d'angoisse cruelle :

— Oh ! mon Dieu ! se dit-il ; si Charles ne s'est pas encore évadé, il est mort ; si cette bête féroce s'aperçoit de l'évasion, les fugitifs seront aussitôt poursuivis, repris ! et alors!...

Il n'eut pas le temps d'achever ; les mains crochues d'Overton se cramponnaient à lui, après avoir coupé ses cordes, et l'entraînaient au fond de la prison.

— Maudit ! traître ! hurla le forestier, au comble de la fureur, viens contempler ton ami !

Il le traîna ainsi jusque vers le lit. Sous les draps se dessinait vaguement une forme humaine : Overton tira brusquement la couverture; un mannequin en paille apparut aux regards anxieux de Sedley.

Un triste sourire erra sur les lèvres décolorées du vieillard :

— Ciel juste ! sois béni ! ils sont sauvés.

— Fou ! imbécile ! rugit Overton, tu crois ça ! tu prends Hugh Overton pour un enfant qui ne connaît pas les sentiers des bois et les détours de la rivière !.... Je les retrouverai, tes complices; je les vois d'ici ! là bas, derrière End-West-Wood, sur ce petit bateau noir et blanc qui hier se cachait sous les ronces ! Ah ! ah ! ah ! ta vieille âme toute rouillée de sang frissonnera quand elle verra les corps des deux fiancés coupés en morceaux ! Oui ! je les tuerai devant toi ! misérable ! et chacun de leurs cris, chacun de tes soupirs, sera un écho à la voix de mon frère criant vengeance.

Sedley resta muet et glacé sans pouvoir dire une parole.

— Je vais d'abord te rompre les deux jambes, pour te dégoûter de fuir, reprit Overton avec un ricanement sauvage ; comme ça, de deux coups de pistolet, ajouta-t-il en sortant ses armes de la ceinture, et les posant à côté de lui sur la table : ensuite, j'irai avertir mes amis pour les lancer à la poursuite de tes fuyards. Puis.... ah ! la fête sera bonne alors ! puis... quand on les tiendra, — ce qui ne sera pas long, — je me charge de vous trois.

Il étendit la main pour prendre ses pistolets : au même instant Sedley se jeta sur la table pour les lui arracher, et parvint à en saisir un.

L'action du vieillard avait été si soudaine qu'Overton n'avait pu la prévenir. Il bondit en arrière dans un coin obscur, et se cacha derrière un baril renversé par terre.

Les deux adversaires se trouvaient à six pas l'un de l'autre, Sedley debout au milieu de la chambre, Overton tapi dans son refuge improvisé, mais ayant toujours la tête et la poitrine exposées au feu de son antagoniste.

12

Chacun d'eux resta pendant quelques secondes immobile, le pistolet au poing, épiant son ennemi et prêt à faire feu au moindre mouvement.

— Un mot! Overton! dit Sedley, écoutez un seul mot: nous aurons bien le temps de nous entretuer tout à l'heure. Eh! bien oui, c'est moi qui ai tué Édouard : mais ce meurtre a été involontaire, il s'est jeté lui-même sur son propre couteau. Dudley n'est pour rien dans cette affaire, il est innocent, croyez-moi.

— Vieux lâche! qui déshonore ses cheveux blancs par la couardise et le mensonge! gronda Overton; tu ne sauras même pas mourir en homme.

Sedley continua comme s'il ne l'eut pas entendu :

— Oui ! le sang appelle le sang, je le sais. Que je sois puni, quoique innocent, j'y consens! mais pourquoi faire tomber le châtiment sur celui qui ne mérite aucun reproche? Overton, je vais jeter à tes pieds ce pistolet désarmé si tu me jures de ne rien faire contre Dudley, mon fils adoptif, le seul protecteur de Lucy, le seul innocent dans cette affaire, je te l'affirme; j'en fais serment sur ma tête !

— Où donc est-il ? pourquoi a-t-il fui, s'il est sans reproche ?

— J'ai facilité son évasion ; la justice des hommes lui a fait défaut, il en a appelé à celle de Dieu... et Dieu a entendu sa prière.

— Où est-il ?

— Je l'ignore.

— Prends garde, vieux drôle! Je t'arracherai ta langue fourchue avant que tu meures.

— Jure-moi de ne rien entreprendre contre mes chers enfants, et je suis ta victime.

— Bas les armes ! et je verrai.

— Un serment! Overton, il me faut un serment sur les cendres de ton frère !

— Ah ! assassin ! tu oses prononcer ce nom !

eh ! bien, meurs ! va annoncer au diable l'arrivée prochaine de tes enf....

Overton n'acheva pas : en commençant sa phrase, il avait fait feu et sa balle avait frappé le vieillard en pleine poitrine. Mais soudain, une traînée de flamme entoura le forestier, et la montagne entière trembla sous une détonation foudroyante.

Une étincelle jaillie du pistolet avait fait sauter la poudrière.

Pendant quelques secondes l'air fut obscurci des débris de la forteresse qui, lancés en l'air à des hauteurs prodigieuses, retombaient au loin, dans le fleuve, sur les bois, jusqu'au milieu du village.

Quand, épouvantés par ce tonnerre inattendu, les habitants du village accoururent sur le lieu du désastre, ils ne retrouvèrent que des pieux calcinés ou rompus en morceaux, un sol nu et noirâtre exhalant des fumées sulfureuses comme le cratère d'un volcan.

Le vieillard et son ennemi avaient disparu broyés en atômes, anéantis, lancés dans l'espace.

Partout régnait un silence de mort ; çà et là craquait un arbre demi-foudroyé, pétillait un buisson en feu, roulait une pierre arrachée aux flancs de la colline.

Perkins avait été un des premiers à arriver. Le maître de poste, le cordonnier et le tailleur l'avaient suivi de près.

— Quelle catastrophe ! s'écria le maître d'école, sur un ton désolé et levant les bras au ciel avec une majesté antique. Comment cela a-t-il pu arriver? J'étais ici il y a quelques instants ; j'avais trouvé tout en ordre ; j'avais laissé le prisonnier endormi.

— Bah ! observa judicieusement le tailleur ; ce scélérat, pour n'être pas pendu, se sera fait sauter.

— Impossible ! il n'avait pas de feu !

— Que vous êtes simples ! interrompit avec

12.

autorité le cordonnier ; et les amis ou complices du dehors ?

— Ah! vous m'ouvrez les yeux ! s'écria Perkins ; j'ai vu rôder autour de la prison, ce maudit nègre de Sedley ! Il aura procuré du feu à ce misérable, après avoir vainement essayé de le faire évader.

— C'est juste, ce que vous dites là, mes amis, déclama sentencieusement le maître de poste, et j'ajoute....

Ici, il aspira silencieusement une énorme prise de tabac, promena autour de lui un regard circulaire pour s'assurer qu'on recevait ses paroles avec une attention convenable, et poursuivit :

— .... J'ajoute que ce nouveau forfait a été imaginé par les complices du jeune homme ; - car il avait des complices, j'ai, là, une voix qui me le dit ! — ils ont anéanti le prisonnier pour s'assurer de son silence ; ils ont craint ses révélations au moment du supplice !

— Serait-il possible ! murmura la foule atten-
tive :

Le maître de poste hocha magistralement la
tête :

— Cela est !! ajouta-t-il avec force. Le coupable aurait fait des révélations au pied de la
potence : M. Scroggs, dans une intimité dont je
m'honore....

Ici le maître de poste salua le Grand Homme
absent.

— .... M. Scroggs m'avait prédit des révélations.... Eh ! bien, Gentlemen d'Adrianopolis,
maintenant que la tombe est muette pour nous,
maintenant que le néant seul nous répond ! je
vais parler, moi! Je décrète d'accusation Sedley, le
vieux et farouche solitaire qui n'avait pas craint
de choisir pour sa fille un gendre tel que ce
Dudley ! Le vieillard prénommé a dû être complice du meurtre ! Une preuve bien forte con-
firme mes paroles !.... Seul il a craint de se réu-

nir à notre foule désolée ! Donc, il est coupable, lui aussi !

L'estimable orateur crut devoir s'essuyer le front, après avoir terminé ce remarquable speech ; et, avec un bénin sourire, il daigna recevoir les félicitations de ses admirateurs les plus proches.

Après quelques instants d'agitation murmurante, la foule s'écria d'une seule voix :

— Sedley ! oui ! Sedley est coupable ; allons le chercher pour lui faire avouer son crime et le punir aussitôt.

Sur le champ, tous se ruèrent dans la direction du cottage : mais, à peine eurent-ils fait une centaine de pas que le colporteur apparut hors d'haleine, escorté par le ban et l'arrière-ban du village.

— Qu'est-il arrivé ? quelle explosion ai-je entendue ? s'écria-t-il ; où sont Hugh Overton et Sedley ?

Il y eut un moment de confusion inexpri-
mable, pendant lequel tout le monde parla sans
écouter personne. A la fin, les poumons plus
exercés de Dodge remportèrent la victoire et impo-
sèrent silence.

Il raconta ce qu'il venait d'apprendre et revint sur le théâtre de l'explosion avec tout le
cortége.

Après examen et discussion on tomba d'accord
que le vieux Sedley avait dû se faire sauter avec
Overton et Dudley pour échapper à la justice et
ne pas mourir sans vengeance.

— J'avais bien dit que Sedley était coupable ! s'écria triomphalement le maître de
poste.

— Oui ! vous avez été bien près de la vérité,
sauf quelques exceptions, hasarda le timide tailleur.

Soudain il rougit et essaya d'éternuer pour cacher son trouble ; le sévère directeur des postes,

mécontent du mot « exceptions, » venait de lui lancer un regard terrible.

Bientôt toutes hypothèses furent élucidées par l'arrivée de quelques jeunes gamins — néophytes de M. Perkins — qui exhibèrent à ce dernier divers débris calcinés qu'ils avaient ramassés dans les environs.

Parmi ces objets on reconnut la crosse d'un pistolet d'Overton, et la moitié d'une veste de chasse que Dudley portait habituellement.

M. Perkins fit leur oraison funèbre en citant un verset de la Bible :

— Ainsi périssent les ennemis de Sion !

— Amen ! répondit la foule en se dispersant lentement.

ÉPILOGUE

Dix ans après les événements qui viennent d'être retracés, Adrianopolis était devenue une grande ville, ayant des monuments, de larges rues, de vastes quais sur l'Ohio, et une population nombreuse.

La navigation, entre cette jeune cité et New-Orléans, était desservie par une ligne de bateaux à vapeur qui faisaient plusieurs arrivages chaque jour.

Par une belle matinée du mois de septembre, le vapeur premier arrivant trouva Adrianopolis en fête. Un courrier du gouvernement avait annoncé dans la nuit que sir Elton, un des membres les plus distingués du comité de législation, assesseur près du tribunal criminel de New-Orléans, viendrait présider en personne les assises du district.

La population, préoccupée de l'arrivée de l'illustre gentleman, s'était réunie sur le port et épiait le moment où le bateau débarquerait ses passagers.

Effectivement, on put voir sortir d'une tente d'honneur dressée sur le pont, le magistrat accompagné de sa famille et d'un nombreux personnel.

C'était un homme dans la force de l'âge, au visage doux et ouvert, aux yeux intelligents, à la démarche ferme et décidée.

Sa jeune et charmante femme, brune aux yeux bleus, avait à ses côtés deux jolis enfants sur lesquels un nègre veillait avec une sollicitude toute particulière.

Quand les nobles personnages mirent pied à
terre, ils furent salués par ce murmure admiratif
qui s'élève dans les foules vivement impression-
nées : plus d'un curieux leur fit cortége jusqu'à
l'hôtel où ils avaient fait retenir leurs appartements.

Parmi les spectateurs de cette sorte d'ovation se
trouvait un petit homme, gros et court, dont le
visage représentait parfaitement une pomme
rouge du Canada dans tout l'épanouissement de
sa maturité.

Après avoir, comme tout le monde, salué le
noble étranger, il tressaillit en le regardant, et
resta bouche béante, le chapeau à la main, péné-
tré de la plus profonde surprise.

— Serait-ce lui ? murmura-t-il ; ah ! si le feu
pouvait rendre sa proie, je jurerais que c'est
lui !

Le magistrat et sa famille disparurent dans
l'hôtel. Au bout de quelques secondes, le gros

13

petit homme, qui était venu curieusement stationner près de la porte, vit apparaître le nègre qui,
en homme d'importance, réglementait le trans-
port et l'arrangement des bagages.

En l'apercevant le curieux ne put retenir une
exclamation :

— Mais c'est Caton! De par tous les diables,
c'est vous, Caton!

— Eh! eh! Massa Dodge! bonjour. Massa
Dodge! comment va? Je suis charmé de vous
voir, Massa Dodge! et de vous voir si fort en-
graissé! s'écria le nègre en embrassant cordialement le colporteur.

Tous deux entrèrent dans la cour de l'hôtel où
l'illustre voyageur présidait lui-même à l'emmé-
nagement de ses bagages.

— Oh! Seigneur! voilà Charles Dudley! murmura le colporteur dans une stupéfaction profonde.

— Oui, mon vieil ami, répliqua le gentilhomme

en lui tendant cordialement la main ; Charles
Dudley ELTON ; et voici ma famille, ajouta-t-il en
se tournant vers la jeune Lady ; voici ma femme,
Lucy Dayton Elton ; voici mes deux enfants.

Nathan Dodge ne put répondre un seul mot ;
il sortit à reculons en levant les mains au ciel.

— Voilà un homme bien étonné d'avoir serré
la main à un *revenant*, dit Elton en riant à sa
femme.

Un quart d'heure après, toute la ville discutait
l'étonnante nouvelle : la généralité des curieux
(car le précieux club avait survécu) se crut forcée
d'admettre en cette affaire un prodige inexplica-
ble, où la main de la Providence était intervenue
d'une façon indubitable.

Quelques citoyens de l'espèce du tailleur et du
cordonnier, ainsi que le petit M. Scroggs l'attorney, se considérèrent comme fort embarrassés
et firent jurer à leur langue un silence éternel,
pour l'avenir.

A la dernière séance de la cour criminelle, lorsque les affaires pendantes furent terminées, le président Elton annonça qu'il allait parler : aussitôt il se fit un profond silence.

— Citoyens d'Adrianopolis, devant vous se présente un mort qui veut revenir à la vie ; je suis, vous le savez, Charles Dudley, condamné, ici même, il y a dix ans, à être pendu pour un crime qu'il n'avait pas commis, pour un crime qui n'existait pas. — J'adjure M. Scroggs, mon ancien accusateur, de lire à haute et intelligible voix le procès-verbal de déclaration, rédigé par le juge de Pittsburg il y a dix ans ; procès-verbal qui m'a été communiqué depuis peu par le directeur général des archives du district.

A ces mots, Elton prit dans les papiers qui couvraient le bureau une large feuille portant le sceau rouge du gouvernement, et la tendit à l'infortuné petit attorney qui, d'une voix chevrotante, lut ce qui suit :

« Extrait de procès-verbal, reçu..... et...... en la
» ville de Pittsburg... Bid Billy, forestier au ser-
» vice de la Cᵉ de la baie d'Hudson déclare : que,
» se trouvant, dans la soirée du... septembre 18..
» sur les bords de l'Ohio, près d'Adrianopolis, re-
» gagnant un bateau en partance, il entendit
» une dispute entre deux hommes qui, bientôt, en
» vinrent à se battre.

» L'un d'eux était un vieillard à cheveux blancs,
» de grande taille ; l'autre, un chasseur dans la
» vigueur de l'âge et également de grande taille ;

» Après avoir lutté quelques instants, le vieil-
» lard fut renversé et le chasseur, se préparant
» à l'étrangler, se jeta sur lui, les deux mains en
» avant.

» A ce moment, le vieillard se cramponna à
» son adversaire pour le repousser ; dans cette
» action une de ses mains saisit la poignée du
» couteau que le chasseur portait à la ceinture.

» Cette arme sortit de son fourreau ; les deux

» adversaires roulèrent sur le sol, le vieillard
» cherchant à se dégager, le chasseur s'efforçant
» de l'étrangler.

» Tout à coup, ce dernier se releva d'un bond
» convulsif, en disant :—«Ah ! misérable Sedley!
» je suis mort. » — Et il tomba à la renverse,
» ayant encore le couteau enfoncé dans la poitrine.

» Le témoin est convaincu que le chasseur s'est
» enferré lui-même, car le vieillard ne pouvait
» faire usage de ses bras pour le frapper ainsi. »

Un long et solennel silence suivit la lecture de
cet important et funèbre document. Enfin Elton
se leva et dit d'une voix émue :

— Citoyens d'Adrianopolis, vous avez entendu,
je n'ai plus à parler de moi. Quant au noble et
courageux vieillard qui fut mon ami et mon second père, il faut que vous sachiez la vérité. En
luttant avec Edouard Overton, il défendait sa
fille contre un infâme ravisseur ; et plus tard,
l'infortuné Sedley est mort victime de son dé-

vouement paternel. Pour assurer ma fuite et celle de sa fille, il s'est laissé tuer par Hugh Overton! voici le témoin !

Sur un signe Caton s'avança, et d'une voix émue fit le récit de la scène suprême dont il avait été le spectateur, au moment où il se glissait dans le bois pour rejoindre Dudley après son évasion.

Quand le nègre eut terminé sa narration, la séance fut levée, et la foule s'écoula, vivement impressionnée de ce qu'elle venait d'apprendre.

Le terrible Nathan Dodge se rencontra à la porte avec ses *amis* le tailleur, le cordonnier, et M. Perkins.

— Eh bien ! leur dit-il avec un sérieux imperturbable, vous voilà au courant des affaires de « ce Dudley! » Êtes-vous contents ?

Les trois honorables membres du club de curieux s'éclipsèrent sans mot dire, comme des ombres.

Deux pas plus loin, Nathan Dodge se trouva nez à nez avec l'infortuné Scroggs.

— Salut! M. l'attorney, lui dit-il; si vous avez conservé un exemplaire de votre discours contre « l'infâme et cruel Dudley! » je vous l'achète un dollar la page. Voulez-vous?

Le malicieux colporteur se mit à rire en voyant disparaître le petit magistrat.

— Bon! dit-il, voilà toute ma mauvaise marchandise écoulée. Aux derniers les bons!

FIN

TABLE DES MATIÈRES

—

Chapitres.	Pages
I. — Le colporteur et le chasseur	5
II. — A travers les bois	33
III. — Le club au village	55
IV. — Lucy Dayton	77
V. — Drames des forêts	89
VI. — Retrouvée	113
VII. — Fantôme et cadavre	125
VIII. — Les assises d'Adrianopolis	139
IX. — Caton en campagne	173
X. — Émotions	185
XI. — Catastrophe	201
ÉPILOGUE	219

FIN DE LA TABLE.

ABBEVILLE. — IMP. P. BRIEZ

www.ingramcontent.com/pod-product-compliance
Lightning Source LLC
Chambersburg PA
CBHW061443030726
47503CB00005B/1536